hanser**blau**

Alem Grabovac

Die Gemeinheit der Diebe

Roman

hanserblau

Dieser Text enthält diskriminierendes Vokabular im Kontext der handelnden Figuren, spiegelt jedoch nicht die Meinung des Autors oder des Verlags wider.

1. Auflage 2024

ISBN 978-3-446-27938-4

Dieses Werk wurde vermittelt durch die
Literarische Agentur Gaeb & Eggers

Umschlag: FAVORITBUERO, München
Motiv: Antony Barbour © Arcangel Images;
© arigato / Shutterstock
Foto des Autors: © Paula Winkler
Satz im Verlag
Druck und Bindung: GGP Media GmbH, Pößneck
Printed in Germany

FSC
www.fsc.org
MIX
Papier | Fördert
gute Waldnutzung
FSC® C014496

Kapitel 1

Am orangenen Tag

I

Was bleibt von einem Leben, das nie gelebt wurde? Diese Frage hatte mir Mutter mit ihren großen schönen braunen Augen vor ein paar Wochen gestellt. Wir saßen auf dem Balkon ihrer Wohnung in der Frankfurter Rothschildallee und tranken Kaffee, während das Nachmittagslicht schräg durch die sattgrünen Wipfel der Hinterhofbäume fiel. Mutter war erschöpft, wirkte abwesend und die Angst vor der Angst stand ihr ins Gesicht geschrieben. Seit Monaten schon litt sie unter Wahnvorstellungen. Sie hörte Dušans Geist im Kleiderschrank klopfen, konnte kaum einen klaren Gedanken fassen und besuchte die Veranstaltungen von Braco, einem Wunderheiler, der angeblich allein durch seinen Blick die Menschen von ihren Dämonen erlösen konnte.

Mutter war einundsiebzig Jahre alt, hatte ihr Leben lang in Fabriken geschuftet, war immer an die falschen Männer geraten, hatte oft falsche Entscheidungen getroffen und nur selten Glück gehabt. Ich wollte ihr helfen, war jedoch machtlos gegen die dunklen Bilder in ihrem Kopf. Nachdem sie mir die Frage gestellt hatte, sank sie wieder in sich zusammen, hielt sich an der Kaffeetasse fest und starrte ausdruckslos auf die Hinterhofbäume, deren Blätter sich nur hauchzart im Wind bewegten. Mir fielen Dutzende, ja Hunderte und letztlich nicht eine einzige Antwort auf ihre Frage ein. Obwohl ich in einer Pflegefamilie aufgewachsen war und wir in gewisser Weise unser Leben als Mutter und Sohn verpasst hatten, liebte ich sie sehr. Ich stand auf, nahm sie in die Arme und strich ihr behutsam über das immer noch volle, lockige Haar.

»Wir kriegen dich da wieder raus, Mama. Auch wenn es vielleicht Zeit braucht. Aber ich verspreche dir, dass wir dich da wieder rausbekommen und es dir schon bald wieder besser gehen wird.«

Sie lächelte sanft und sagte nichts.

2

Ihr Leben war von Anfang an ein Kampf gewesen. Im Juni 1949 wurde meine Mutter, nachdem die Nabelschnur sich mehrfach um ihren Hals gewickelt und sie beim Geburtsvorgang beinahe erdrosselt hatte, in der neu gegründeten Sozialistisch Föderativen Republik Jugoslawien geboren. Der Zweite Weltkrieg war noch lebhaft in Erinnerung, ihr Vater hatte als Partisan gegen die Deutschen gekämpft, sein bester Freund Ivo wurde von einer Granate zerfetzt, das Land lag in Trümmern und die auf den Schlachtfeldern gefallenen Ehemänner, Väter, Brüder und Söhne hinterließen eine schmerzhafte Lücke im Kreis ihrer Angehörigen. Immerhin sollten ihre Opfer nicht vollkommen sinnlos gewesen sein: Man hatte ohne den Beistand der Roten Armee die faschistischen Besatzungsmächte besiegt und Josip Broz Tito, der charismatische Anführer der kommunistischen Brigaden und spätere Staatspräsident, versprach seinem Volk den raschen Wiederaufbau, die Abkehr von der stalinistischen Sowjetunion, uneingeschränkte Reisefreiheit in den Westen und eine herrschaftsfreie, klassenlose Zukunft ohne Not und Armut. Alle Jugoslawen – von den schneebedeckten Alpen im nördlichen Slowenien bis hinunter zu den Ufern des blau schimmernden Ohridsees im südlichen Mazedonien, verkündete Tito in seiner mit unzähligen Orden behangenen Paradeuniform auf dem ersten kommunistischen Parteikongress nach dem Krieg – sollten gleichermaßen vom gesellschaftlich produzierten Reichtum profitieren.

Mit ihren vier Geschwistern wuchs meine Mutter in Maovice auf, einem kleinen Dorf im kroatischen Hinterland. Es war ein steiniger Landstrich im Karstgebirge, den die Moderne noch kaum berührt hatte. Es gab keine asphaltierten Straßen, keine Kanalisation, kein fließendes Wasser, keinen Strom und keine industriellen Betriebe. Es blieb allein die Landwirtschaft. Der Boden war jedoch nicht besonders fruchtbar, die Viehzucht warf nur ein paar Dinare ab und so versuchten die Dorfbewohner mit dem Anbau von Getreide und Mais einigermaßen über die Runden zu kommen. Auch ihre Eltern Milica und Petar waren Bauern. Sie lebten von der Hand in den Mund. Obwohl die Adria keine siebzig Kilometer entfernt lag, konnte sich die Familie einen Ausflug dorthin nicht leisten. Meine Mutter lernte nie zu schwimmen. Das Meer sollte sie erst viele Jahre später sehen.

Nach der Schule musste sie die Kühe auf den Feldern hüten, mit der Mistgabel den Stall säubern, Wasser vom zwei Kilometer entfernten Brunnen heranschleppen und damit die Wäsche mühsam in einem kleinen Bottich auswringen. Zum Spielen blieb keine Zeit. Abends gab es zumeist nur eine karge Suppe. Wenn ihr Vater, der vom Krieg traumatisiert war, besoffen aus der Dorfkneipe kam, verprügelte er oft die Mutter und manchmal auch die Kinder. Sie besaß kein eigenes Bett. Im Winter schlief sie neben ihren Geschwistern auf dem knarzenden Dielenboden im Wohnzimmer über dem Stall mit nur einer dünnen Decke bedeckt hungrig und zittrig ein. Die Toilette befand sich draußen im Gebüsch, von einem Bad konnte sie nur träumen. In der Schule, die unten im Tal in Vrlika lag, machten sich ihre Klassenkameradinnen über ihre schäbigen Kleider lustig und vor dem Lebensmittelladen von Herrn Mitanović starrte sie eine kleine Ewigkeit in dessen Schaufensterscheibe, bevor sie den Berg wieder hinauf in ihr Dorf musste. Sie fühlte sich zu schmutzig, um den Laden zu betreten, und besaß nicht einmal die paar Dinare, um sich eines dieser kleinen bunten Bonbons zu kaufen, die so verheißungsvoll in einem Glasbehälter neben der Kasse lagen. Oft schossen ihr vor Verzweiflung die Tränen in die Augen.

3

Es war nicht alles schlecht in Maovice. Da war der Maulbeerbaum in der Mitte des Dorfplatzes, der im Mai aufblühte und dessen schwarzblaue Früchte an heißen Sommertagen so herrlich süß und säuerlich zugleich schmeckten. Die langen Wanderungen mit ihrem Vater Petar ins Svilaja-Gebirge, um dort, umgeben von naturbelassenen Wäldern und geheimnisumwobenen Burgruinen, Wildkräuter, Pilze und Brennholz zu sammeln. Die sonntägliche Messe in der Kirche Sveti Jure mit ihrem betörenden Weihrauch, ergreifenden liturgischen Gesängen, den inständig um göttlichen Beistand flehenden Gebeten und dem in seiner schwarzen Soutane äußerst gut aussehenden Priester Božović, der so wortgewandt über die unermessliche Barmherzigkeit des Herrn und Schöpfers aller Dinge predigen konnte. Und da waren die endlos erscheinenden schwülen Sommernächte, in denen sie sich manchmal, begleitet vom lauten Zirpen der Zikaden, auf dem Heuhaufen hinter dem Haus bei jeder am Firmament aufleuchtenden Sternschnuppe etwas wünschte und danach hoffnungsvoll einschlief.

Als meine Mutter jedoch im August 1965, mit sechzehn Jahren, über ihren Bruder Jozo, der das Dorf schon lange verlassen hatte, um in einem Zagreber Restaurant zu arbeiten, das Angebot bekam, dort als Küchenhilfe für den Abwasch anzufangen, brauchte sie nicht lange darüber nachzudenken. Titos versprochener Aufschwung hatte die Berge nie erreicht, ihre Gebete waren nicht erhört worden und ihre Wünsche nicht in Erfüllung gegangen. Sie lehnte sich gegen das Schicksal auf, wollte keine Gefangene der Armut bleiben, packte einen kleinen Koffer, verabschiedete sich tränenreich von ihren Eltern, die sie trotz aller Entbehrungen abgöttisch liebte, versprach ihrer Mutter Milica, sie immer mit dem in der Fremde verdienten Geld zu unterstützen, und fuhr allein in die große Stadt.

4

Zagreb war laut, dunkel, kalt und schmutzig. Meine Mutter schuftete täglich vierzehn Stunden in der fensterlosen Küche des Restaurants, polierte wie am Fließband Messer, Gabeln, Löffel und Gläser, schrubbte mit ihren bloßen Händen die angebrannten Pfannen und Töpfe sauber und fiel abends todmüde ins Bett. Sie lebte in einem winzigen Zimmer im Dachgeschoss eines maroden Altbaus, das weder eine Heizung noch ein Bad besaß, kochte ihr Essen auf einer verrosteten Herdplatte und musste sich die verdreckte Toilette, die sich im Flur auf halber Treppe befand, mit den anderen Bewohnern teilen. Das Tageslicht sah sie nicht oft und vom pulsierenden Nachtleben bekam sie kaum etwas mit.

Meine Mutter war eine hübsche Frau. Sie hatte brünett gelockte Haare, ein kantiges Gesicht mit hohen Wangenknochen und einer schmalen Nase, besaß einen kleinen robusten Körper mit schönen Brüsten und braune Augen, die einen immer etwas zu unschuldig anschauten. Sie fing eine Affäre mit einem Kellner des Restaurants an, der sie jedoch nach nur wenigen Wochen kaltherzig entsorgte. Sie hatte Liebeskummer, weinte oft, ihre Hände wurden vom vielen Abwasch rau und rissig, ihre Beine schwollen vom stundenlangen Stehen an und schmerzten schon beim Aufwachen in aller Herrgottsfrühe.

Um zu vermeiden, dass ihr Vater sofort alles in der Dorfkneipe versoff, schickte sie einen Teil ihres ersten Gehaltes per Postanweisung an ihre Mutter, kaufte sich ein paar preisgünstige Schuhe in einem drittklassigen Modegeschäft und gönnte sich sogar einmal mit den Frauen aus der Küche einen Konzertbesuch bei Ivo Robić, einem berühmten jugoslawischen Schlagersänger, der so herzergreifend über die Liebe singen konnte. Alles war ein Fortschritt: Anders als in Maovice brauchte sie keinen Hunger mehr zu leiden und war der allergrößten Armut entkommen. Aber zufrieden mit ihrem finsteren Zimmer und dem schlecht bezahlten Job in der Küche war sie nicht.

Anfang zwanzig stieß sie in einer Zeitung auf die Annonce einer deutschen Schokoladenfabrik in Würzburg. Das in Aussicht gestellte Gehalt ließ sie von einem Leben im Wohlstand träumen. Sie bewarb sich. Die Auswanderung war durch das Anwerbeabkommen, das Deutschland mit Jugoslawien ein Jahr zuvor geschlossen hatte, viel einfacher geworden. Der ganze bürokratische Papierkram war nicht mehr nötig. Man musste nur noch einen Zettel unterschreiben und schon konnte es losgehen. Das Abkommen war für beide Staaten vorteilhaft: Die Bundesrepublik bekam dringend benötigte Arbeitskräfte und Jugoslawien konnte sich dadurch eines Teils seiner armen Landbevölkerung entledigen, die kaum eine Ausbildung und nahezu keine Zukunftschancen in der Heimat hatte.

Meine Mutter ging mit weichen Knien zum Vorstellungsgespräch. Eine kleine Delegation der Würzburger Schokoladenfabrik war eigens für diesen Termin nach Zagreb angereist. Sie legte ihr Arbeitszeugnis vom Restaurant vor und wurde von einem jungen deutschen Arzt in einem weißen Kittel, der zur Delegation gehörte, hinter einem Vorhang eingehend untersucht. Sie musste sich bis auf die Unterwäsche ausziehen. Das war demütigend, aber sie ließ es über sich ergehen. Der junge Arzt überprüfte ihren Knochenbau, hörte ihr Herz ab und befand sie nach nur wenigen Minuten für gesund und arbeitstauglich. Als sie sich wieder angezogen und mit schamhaft gerötetem Gesicht auf dem Stuhl im Bewerbungsbüro Platz genommen hatte, nickten ihr drei deutsche Männer in dunklen Anzügen, die hinter einem großen Tisch saßen, freundlich zu. Ein paar Wochen später saß meine Mutter mit ihrem kleinen Koffer im Bus nach Deutschland.

5

Meine Mutter wohnte im Arbeiterinnenwohnheim etwas außerhalb von Würzburg und sortierte Tag für Tag zehn Stunden lang in der Fabrik Pralinen in vorbereitete Schachteln. Sie musste oft daran denken, wie sie als Kind mit schmutzigen Klamotten und löchrigen Schuhen vor der Schaufensterscheibe von Herrn Mitanovićs Lebensmittelladen gestanden und nahezu alles für ein kleines buntes Bonbon oder eine winziges Stück Schokolade getan hätte. Jetzt bekam sie die aussortierte Bruchware haufenweise geschenkt und konnte sich darüber hinaus ein paar gepflegte Winterstiefel, ein hübsches Kleid und sogar ein angenehm duftendes Parfüm leisten. Dennoch litt sie anfangs sehr in der Fremde. Das Zimmer im Wohnheim musste sie sich mit fünf anderen Frauen teilen. Alle stammten sie aus Südeuropa, kamen aus der Türkei, aus Griechenland, Portugal, Italien oder Jugoslawien. Sie versuchten sich mit Händen und Füßen zu verständigen, sehnten sich nach ihren Familien in der Heimat, waren oft unglücklich und hatten kaum Kontakt zu den Einheimischen. Meiner Mutter missfiel die Unordnung, die Enge, die üblen Gerüche, die Ausgangssperre ab 22 Uhr und die ständigen Streitereien zwischen den Frauen im Wohnheim bis spät in die Nacht sehr. Nach einem Jahr zog sie aus. Sie suchte sich ein kleines Zimmer mit Bad und Küche in der Innenstadt, lernte die neue Sprache, überwies Geld an ihre Eltern und arbeitete unermüdlich weiter.

Nur hin und wieder ging sie mit einigen Kolleginnen aus

der Fabrik am Wochenende aus. An einem dieser Abende lernte sie 1973 meinen Vater Emir, einen Bosnier, in einem Tanzlokal kennen. Emir hatte breite Schultern, große Augen, klobige Hände, war lustig und charmant und behauptete, als Automechaniker in einer Werkstatt zu arbeiten. Es war Liebe auf den ersten Blick. Ein paar Monate später heirateten sie auf dem Standesamt in Würzburg. Eine kirchliche Trauung, die sich meine Mutter so sehr gewünscht hatte, war nicht möglich, da er ein muslimischer Bosniake war. Sie übernahm seinen Namen und hieß ab sofort Smilja Grabovac. Schon kurz darauf wurde ihr oft übel und manchmal musste sie sich sogar auf der Toilette übergeben. Als sie den positiven Schwangerschaftstest in ihren Händen hielt, sprang sie vor Freude in die Luft. Ich kam am 2. Januar 1974 im Würzburger Universitätsklinikum zur Welt.

Ihr Glück sollte nur von kurzer Dauer sein. Schnell fand sie heraus, dass Emir nicht die Person war, die er vorgegeben hatte zu sein. Er war ein kleinkrimineller Dieb, klaute Brieftaschen in der Straßenbahn, in Bussen und in der Einkaufspassage, ging keiner geregelten Arbeit nach, verjubelte sein Geld in Spielcasinos und Kneipen, schlief seinen Rausch oft bis in den Nachmittag aus und war notorisch pleite. Sie musste das Geld verdienen. Auf ihn konnte sie sich nicht verlassen. Aber wohin mit mir? Sie besaß weder Freunde noch Verwandte in Würzburg, bei denen ich hätte unterkommen können. Kindergartenplätze waren rar und die kurzen Öffnungszeiten bis zum Mittag hätten ihr auch nicht geholfen, da sie um diese Zeit noch in der Fabrik arbeiten musste. Auf staatliche Unterstützung durfte sie nicht hoffen. Das Frauenbild der Bundesrepublik war antiquiert. Es gab damals sogar ein Gesetz, in dem es hieß, dass Frauen nur arbeiten durften, wenn dies mit ihren Pflichten in Ehe und Familie vereinbar war. In der Werkskantine saß sie oft mit hängenden Schultern und dem Monat für Monat runder werdenden Bauch vor ihrem Essen. Ayşe, eine junge türkische Kollegin, die von ihrem Mann verlassen worden war, hatte von ihrem Problem gehört. Sie erzählte meiner Mutter von der deutschen Pflegefamilie aus Gerchsheim, einem kleinen Dorf zwanzig Kilometer von Würzburg entfernt, bei der ihre Tochter Dilek unter der Woche lebte. Meine Mutter war sofort interessiert und besuchte die Pflegefamilie an einem Sonntagnachmittag gemeinsam mit Ayşe. Obwohl das Haus sehr gepflegt aussah und Marianne und Robert einen vertrauenswürdigen Eindruck machten, sträubte sich alles in ihr gegen diese Vorstellung. Letztendlich sah sie jedoch keinen anderen Ausweg. Als ich sechs Wochen alt war – mehr Elternzeit wurde ihr damals nicht zugestanden – kam ich zur Familie Behrens. Vater und Mutter sah ich jetzt nur noch an den Wochenenden. Es brach meiner Mutter beinahe das Herz, mich als Baby in die Hände einer fremden Frau geben zu müssen. Das Leben in Deutschland hatte sie sich anders vorgestellt.

Sie flehte Emir an, sich endlich einen anständigen Job zu suchen und Verantwortung für sein Kind zu übernehmen. Mein Vater war jedoch kein Familienmensch: Er lebte in den Tag hinein und drehte weiterhin seine krummen Dinger. Einmal brachte er einen großen Farbfernseher nach Hause. Vielleicht war er geklaut. Vielleicht auch nicht. Er wollte sich unbedingt den Boxkampf zwischen George Foreman und Muhammad Ali in Zaire zu nachtschlafender Zeit live und in Farbe in der kleinen Würzburger Wohnung anschauen.

Meine Mutter schüttelte enttäuscht den Kopf. Anstatt mir Spielsachen oder Kleidung zu kaufen, hatte er mal wieder nur an seinen eigenen Spaß gedacht. Er schwor ihr, sich zu bessern, versprach ihr ständig den Himmel auf Erden, um sie im nächsten Moment schon wieder schamlos zu hintergehen. Sie verschloss die Augen vor der Wirklichkeit und hoffte darauf, dass er sich eines Tages ändern würde.

Zweieinhalb Jahre nach meiner Geburt verließ er uns eines Morgens Hals über Kopf. Er schuldete irgendwelchen Gangstern sehr viel Geld. Sie suchten nach ihm, bedrohten Mutter in ihrer Wohnung. Sie war nicht mehr sicher in Würzburg, musste weg, kaufte sich rasch überregionale Zeitungen, durchkämmte die Stellenanzeigen und fand schließlich durch Paulina, eine Arbeitskollegin, einen Job als Montagearbeiterin in Frankfurt. Marianne, meine Pflegemutter, die sich liebevoll um mich kümmerte, bot ihr an, dass ich so lange bei den Behrens in Gerchsheim bleiben könne, bis sie sich in Frankfurt eingelebt habe. Meine Mutter war vollkommen überfordert mit der Situation und nahm den Vorschlag dankend an. Niemand hätte damals damit gerechnet, dass aus dieser vorübergehenden Vereinbarung ein ganzes Leben werden würde. Meine Mutter besuchte ich jetzt nur noch an zwei Wochenenden im Monat. Ich war noch zu klein, um mich später an meinen Vater zu erinnern.

Emir sah meine Mutter nur noch ein Mal. Man hatte ihn 1980 wegen verschiedener kleinerer Delikte und, was noch schlimmer wog, Beleidigung des Staatspräsidenten zu drei Jahren Gefängnis in Goli Otok, dem wahrscheinlich brutalsten Umerziehungslager in ganz Jugoslawien, verurteilt. Goli

Otok war eine Gefängnisinsel. Im Volksmund nannte man sie das »Alcatraz Jugoslawiens«. Titos Jugoslawien kannte kein Erbarmen mit Menschen, die sich nicht ins kommunistische System eingliedern ließen.

Emir war seit seinem überstürzten Aufbruch an jenem Morgen im Sommer 1976 wie vom Erdboden verschluckt. Meine Mutter erfuhr erst durch ein offizielles Schreiben der Gefängnisleitung von seiner Inhaftierung, verspürte den Drang, sich noch einmal mit ihm auszusprechen, reiste mit dem Bus an die adriatische Küste und wurde in einem Boot, das von Polizisten mit dunkel getönten Sonnenbrillen und Maschinengewehren eskortiert wurde, zur Insel gebracht. Mein Vater wartete bereits abgemagert und mit kurz geschorenen Haaren in der steinernen Besucherbaracke auf sie. Meine Mutter setzte sich mit zittrigen Beinen zu ihm, zeigte ihm Kinderfotos von mir, hörte sich all seine jämmerlichen Ausreden an und erzählte ihm schließlich, dass sie sich in einen anderen Mann verliebt habe. Daraufhin beschimpfte er sie als verfickte Schlampe und drohte ihr damit, eines Tages nach Deutschland zu kommen und mich, ohne dass sie etwas dagegen unternehmen könne, zu sich nach Jugoslawien zu holen.

Sie war sehr verängstigt und geriet in Panik. Nie würde sie den Hass in seinen Augen vergessen. Sie log mich an, erzählte mir später, dass mein Vater ein rechtschaffener Bauarbeiter gewesen war und, einige Jahre nachdem er uns verlassen hatte, auf Montage in Jugoslawien bei einem Arbeitsunfall gestorben sei. Mit dieser Lüge wollte sie ihn und seine Drohung, mich eines Tages zu entführen, ein für alle Mal aus unserem Leben auslöschen. Das war ziemlich mies und gemein von ihr. Denn natürlich suchte Emir niemals nach mir. Was sollte er, der nichts auf die Reihe bekam, auch noch mit einem kleinen Kind anfangen? Mir hatte sie damit die Chance genommen, meinen Vater kennenzulernen oder ihm wenigstens einmal, wenn auch nur für einen kurzen Augenblick, zu begegnen. Die Wahrheit über meinen Vater sollte ich erst viele Jahrzehnte später, zwei Jahre nachdem er im Mai 2016 tatsächlich in Belgrad verstorben war, von ihr erfahren.

6

Meine Mutter arbeitete jetzt bei VDO in Frankfurt. An der Werkbank montierte sie in Akkordarbeit Autotachometer. Es war eine Knochenarbeit, die immer gleichen Handgriffe über Stunden, Tage, Wochen, Monate und Jahre hinweg gruben sich tief in ihren Körper ein. Ihr Rücken bereitete ihr große Probleme, nachts bekam sie häufig Fieber und manchmal schmerzte ihr rechtes Handgelenk so sehr, dass ihr schwarz vor Augen wurde. Sie biss die Zähne zusammen, schluckte Medikamente gegen die Sehnenscheidenentzündungen, ließ sich nie krankschreiben, fehlte nicht einen einzigen Tag in der Fabrik.

Als ich elf oder zwölf Jahre alt war, holte ich sie hin und wieder, wenn ich bei ihr zu Besuch in Frankfurt war, am Werkstor in der Gräfestraße in Bockenheim ab. Hunderte von Frauen, alle Ausländerinnen, strömten mir entgegen. Wie Mutter hatten sie den ganzen Tag an den Förderbändern geschuftet. Einmal kam ein betagtes Ehepaar vorbei. Es war ein kalter, nebelverhangener Tag im November. Der Mann trug einen schlichten grauen Herrenmantel mit nach oben geschlagenem Kragen. Angewidert drehte er sich zu seiner Frau. »Das ist nicht mehr mein Frankfurt. Diese Ausländer machen unsere Kultur kaputt.« Seine abgrundtiefe Verachtung traf mich damals mehr, als mir lieb gewesen wäre.

Meine Mutter wohnte in einer kleinen Erdgeschosswohnung im Hinterhof der Hanauer Landstraße. Das Viertel war heruntergekommen, der Putz bröckelte von den Wänden der

Häuser, die Straßen waren verdreckt und rochen nach Pisse, Alkohol und Armut. Das nahm sie in Kauf, denn dafür war die Miete billig. Sie unterstützte immer noch ihre Eltern in der Heimat, zahlte für mich eine monatliche Pauschale von hundertsiebzig Mark pro Monat an die Behrens, legte den Rest als Notgroschen zurück. Anfangs hoffte sie noch darauf, dass Emir zurückkehren würde.

Nach zwei Jahren des vergeblichen Wartens verliebte sie sich 1978 in Dušan. Sie hatte ihn auf der Geburtstagsfeier einer Arbeitskollegin kennengelernt. Kurze Zeit darauf zog er bei ihr ein. Dušan war Serbe, arbeitete als Schweißer auf Montage, war großgewachsen, trug einen Vollbart, hatte schwarze Haare, dunkle Augen und kräftige Hände. Anders als Emir schien er fleißig und treu zu sein. Meine Mutter dachte, den perfekten Mann gefunden zu haben. Ich konnte ihn von Anfang an nicht leiden und nannte ihn als Kind, weil er von seinem Äußeren den mexikanischen Gangstern in den Westernfilmen glich, die wir uns am Wochenende in Frankfurt immer anschauten, einfach nur Chico.

Er hatte ebenso wie meine Mutter einen Sohn aus erster Ehe. Svetozar wuchs bei seiner Oma und seinem Onkel in Kačarevo auf, einem kleinen Dorf in der Nähe von Belgrad. Ich lebte mittlerweile mit den Behrens in Warmbronn, nachdem wir von Gerchsheim in den Stuttgarter Ballungsraum gezogen waren. Smilja und Dušan hatten beschlossen, uns später, wenn es die Umstände zuließen, zu sich nach Frankfurt zu holen. Dieses Arrangement war bei den Gastarbeiterfamilien nichts Ungewöhnliches. Deutschland begriff sich nicht als Einwanderungsland. Die Aufenthaltsgenehmigung wurde nur unter bestimmten Auflagen gewährt. Ein Identifikationsangebot mit diesem Land existierte nicht, die sozialen Strukturen waren undurchlässig, Betreuungsmöglichkeiten für die Kinder gab es nahezu keine, Weiterbildungsmaßnahmen und Sprachkurse waren nicht vorgesehen, Integration oder gar die Chance zum gesellschaftlichen Aufstieg nicht erwünscht. Sie waren die Reservearmee, die Gastarbeiter im Niedriglohnsektor, die, wenn sie nicht mehr auf dem Arbeitsmarkt gebraucht wurden, wieder in ihre Herkunftsländer zurückkehren sollten. Das hatten sie verinnerlicht. Sie wussten, dass man sie jederzeit rausschmeißen konnte, und so entstand bei vielen der Traum vom eigenen Haus in der alten Heimat, das der Familie die Sicherheit bieten sollte, nie mehr im Leben herumgeschubst und schikaniert zu werden. Das Haus, das auch Mutter und Dušan ständig durch den Kopf spukte, sollte Festung, Rückzugsort, Obhut, Familienglück und Altersvorsorge in einem werden und wurde bei ihnen zu einer unhinterfragbaren Obsession, der alles, auch die Kinder, die nicht unbeaufsichtigt im fremden Land heranwachsen sollten, untergeordnet werden musste. Der Preis für eine vermeintlich bessere Zukunft war der Verzicht auf ein gemeinsames Familienleben, vielleicht sogar der Verzicht auf überhaupt irgendein selbstbestimmtes Leben. Uns, die Töchter und Söhne der Gastarbeiter, die nicht bei ihren Eltern aufwuchsen, nannte man, da wir ständig hin- und herpendelten, die Kofferkinder. Auch ich besaß einen großen braunen Lederkoffer, mit dem ich in den Schulferien immer zu Mutter nach Frankfurt fuhr.

Während meine Mutter und Dušan sich in der Fabrik und auf der Baustelle abrackerten, sorgten sie dafür, dass es Svetozar und mir an nichts fehlte. Sie kauften uns neue Fahrräder, bezahlten die Schulausflüge und schickten Geld, damit wir uns alle Freizeitaktivitäten mit unseren Freunden leisten konnten. Als einzige Gegenleistung erwarteten sie, dass wir gut in der Schule waren. Durch die höhere Bildung sollte uns eines Tages ihre körperliche Schwerstarbeit erspart bleiben und der soziale Aufstieg gelingen.

Um das alles, die Mietkosten, die Krankenversicherungsbeiträge, die monatlichen Zahlungen für uns und die finanziellen Aufwendungen für das Haus, zu stemmen, machten sie unzählige Überstunden und sparten, wo sie nur konnten. Meine Mutter kaufte ihre Blusen, Hosen, Blazer und Mäntel zumeist im Sommer- oder Winterschlussverkauf bei Woolworth oder C & A. Dušan besorgte sich seine Klamotten, dunkelgrüne Bundeswehrjacken und verschlissene Jeans, sogar secondhand unten auf dem Flohmarkt am Mainufer. Auch beim Essen drehten sie jeden Pfennig zweimal um. Meine Mutter kannte die Lebensmittelpreise bei Aldi, Lidl und Penny auswendig und verglich ständig die wöchentlichen Sonderangebote in den jeweiligen Discountern. Oft zog ich mit ihr samstags von Geschäft zu Geschäft und schleppte schwer bepackte Plastiktüten nach Hause. Sie gönnten sich nichts, gingen nie ins Kino oder ins Restaurant. Das höchste der Gefühle war eine Pommes oder eine Bockwurst an einer Imbissbude beim sonntäglichen Spaziergang durch den Ostpark. Ich bewunderte beide für ihre Zielstrebigkeit und ihren unermesslichen Fleiß. Nur übersahen meine Mutter und Dušan dabei, dass man die Zeit nicht zurückdrehen und sich weder mit einem Haus noch mit Geld gemeinsame Erinnerungen oder gar die Zuneigung der Kinder erkaufen konnte.

Bei aller Einigkeit in der Lebensplanung träumten sie jedoch von keinem gemeinsamen Haus. Meine Mutter wollte unabhängig von Dušan bleiben, ein eigenes Haus besitzen und nicht eines Tages bei ihm in Serbien leben. Er hatte schon mit dem Bau begonnen, das Fundament war gelegt. Gleich neben seinem Elternhaus in Kačarevo, in dem er aufgewachsen war und in dem Svetozar jetzt mit seinem Onkel und seiner Oma wohnte, sollte das schönste und modernste Haus weit und breit entstehen. Es war einer jener Bauten, wie man sie im ganzen Balkan sah. Langsam wuchs es, je nachdem wie flüssig der Bauherr war, Stockwerk um Stockwerk als Betonskelett in die Höhe. Im Sommer reiste Dušan immer allein nach Kačarevo. Das war kein Urlaub. Er überprüfte die Arbeiten, packte selbst mit an, entwarf Pläne und beauftragte heimische Bauunternehmer mit der Fortführung in seiner Abwesenheit. Auch in den Sommermonaten verbrachte er kaum Zeit mit seinem Sohn. Aber Dušan hatte kein schlechtes Gewissen, denn er tat es ja einzig und allein für ihn. Als die untere Etage ausgebaut war, weigerte sich Dušans Mutter, obwohl die gesamte Wohnung nur mit den ausgesuchtesten Möbeln und teuersten Küchengeräten eingerichtet worden war, dorthin umzuziehen. Sie blieb lieber in ihrem alten Haus mit den schmutzigen Wänden, niedrigen Decken, knarzenden Dielen und dem verrosteten Backofen in der dunklen Küche. Dort fühlte sie sich wohl, dort wollte sie sterben. Das kränkte ihn sehr. Und auch zwei Jahrzehnte später, als das Haus mit seinen zwei Etagen und vielen Zimmern endlich fertig war, wollte niemand darin wohnen.

Meine Mutter verfolgte einen anderen Plan. Sie legte das Geld zur Seite, war bauernschlau. Sie putzte inzwischen dreimal die Woche nach der Fabrikarbeit Großraumbüros im Bankenviertel, um sich noch etwas dazuzuverdienen. Eines Tages blickte sie sich auf dem Heimweg um, sah die imposanten Wolkenkratzer in der Nacht funkeln und dachte sich, dass sie ein Stück vom Kuchen abhaben wollte. Als sie nach vielen Jahren 10 000 D-Mark angespart hatte, ging sie in fünf verschiedene Bankfilialen und fragte die Berater und Beraterinnen, wie sie dieses Geld vermehren würden. Sie verglich die Angebote eingehend, ließ sich Zeit, las sich in die Materie ein und entschied sich schließlich für mehrere langfristige Wertpapiere. Sie war erfolgreich. Niemand hatte ihr, der Bauerntochter aus Maovice, solch einen ausgeprägten Geschäftssinn zugetraut. Einige ihrer Arbeitskolleginnen staunten, waren neidisch und wünschten ihr insgeheim sogar den Absturz ihrer Wertanlagen. Sie sparte unbeirrt weiter, legte das Geld erneut an. Ihr Kontostand wuchs unaufhörlich. Mitte der Neunzigerjahre war es dann endlich so weit. Zurück in die bettelarme Berglandschaft ihrer Kindheit wollte sie nicht. Sie suchte ein Anwesen an jenem Meer, das früher unerreichbar für sie gewesen war. Ihre Schwester Lucia bekam über fünf Ecken mit, dass ein ferner Bekannter sein Haus in Kaštel Stari, einem kleinen kroatischen Fischerdorf, das idyllisch zwischen den Städten Split und Trogir lag, verkaufen wollte. Der Kontakt wurde geknüpft. Meine Mutter flog nach Split, pflückte Feigen und Zitronen im Garten des Anwesens und sah vom Balkon aus die Sonne über dem Meer untergehen. Sie war sofort verliebt. Die Verhandlungen über den Kaufpreis dauerten keine Stunde. Ihr Traum war in Erfüllung gegangen. Es war ein großes modernes Zweifamilienhaus mit separat nutzbaren Wohneinheiten. Sie hoffte darauf, dass sie dort eines Tages mit Dušan, mir und ihren Enkelkindern, die es noch gar nicht gab, glücklich und zufrieden ihren Lebensabend verbringen würde. Aber auch in diesem Haus sollte nie jemand wohnen.

7

Dušan und meine Mutter waren ein Paar und waren es wiederum auch nicht. Die Haushaltskasse wurde penibel getrennt, den Urlaub verbrachte man nicht gemeinsam, Svetozar hatte sie noch nie gesehen und die Frage, ob und wo man zusammen alt werden wollte, wurde kurzerhand verdrängt. Noch schlimmer war jedoch, dass Dušan meine Mutter beherrschte. Schon zu Beginn der Beziehung, wenn er irgendwo auf Montage war, musste sie am Abend so lange am Telefon mit der abgenutzten Wählscheibe in ihrer dunklen Wohnung im Erdgeschoss der Hanauer Landstraße warten, bis er sie von einer Telefonzelle aus anrief. Er wollte nicht, dass sie ausging oder Freundinnen traf. Es wurde keine Uhrzeit vereinbart, sie hatte zu gehorchen. Meine Mutter ließ es sich gefallen, dachte, dass seine Eifersucht ein Beweis seiner Liebe sei.

Die Wochenenden wurden schon bald zur Hölle. Dušan kam am Freitagabend zurück, schmiss seinen Seesack mit schmutziger Wäsche ins Bad und fing sofort mit dem Saufen an. Er trank am Küchentisch ein Henninger-Bier nach dem anderen, rauchte seine selbst gedrehten Samson-Zigaretten Kette, wurde zusehends aggressiver. Die weinroten Vorhänge wurden zugezogen, damit niemand sie vom Hof aus bei diesem erbärmlichen Schauspiel beobachten konnte. Sobald das Bier ausgegangen war, stieg er auf Schnaps um. Sie flehte ihn an, mit dem Trinken aufzuhören. Er schubste sie zur Seite und schrie fluchend, dass sie ihn nicht so dämlich bemuttern solle. Und dann landete irgendwann seine kräftige Pranke in ihrem Gesicht. Er schlug sie grün und blau und beschimpfte sie als dämliche Bäuerin und hinterhältige Hure. Später war er zu besoffen, um sie noch weiter zu demütigen. Er fiel vom Stuhl, meine Mutter deckte ihn am Boden liegend mit einer Decke zu. Sie ging ins Bett und weinte sich in den Schlaf.

Am nächsten Morgen tat ihm alles leid. An vieles konnte er sich nicht mehr erinnern. Er schwor meiner Mutter, dass er sie nie wieder schlagen würde. Er kaufte ihr Blumen, war besonders lieb zu ihr, ging mir ihr spazieren, lobte überschwänglich ihre Kochkünste und ließ sie sogar das Fernsehprogramm am Abend aussuchen. Unter der Woche erzählte er ihr am Telefon, wie sehr er sie liebte. Das ging eine Weile lang gut. Aber dann begann er wieder mit dem Saufen.

Oft trug meine Mutter eine Sonnenbrille, damit niemand ihre von den Blutergüssen geschwollenen Augen sehen konnte. Sie erzählte ihren Kolleginnen und mir, dass sie unglücklich gestürzt sei. Dušan hatte es geschafft, meine Mutter, die doch auch so willensstark sein konnte, vollkommen abhängig von sich zu machen. Sie verlor ihr Selbstwertgefühl, kreiste nur noch um ihn herum und wollte ihn retten. Sie dachte, dass ihre Liebe stärker als seine Wut sei und eines Tages alles gut werden würde.

8

Auch mich versuchte er zu brechen. Als ich sechs Jahre alt war, versetzte er mir am Küchentisch beim *Mensch ärgere Dich nicht* die erste Ohrfeige. Ich hatte mich seiner Meinung nach zu sehr über mein Würfelglück gefreut. Einmal stürmte er zu mir in den dunklen Hinterhof mit der grauen Brandschutzmauer und den vor Müll überquellenden Tonnen, in den ich mittags immer gehen musste, damit sie am Wochenende, wenn ich bei ihnen zu Besuch war, ein wenig Zeit für sich allein hatten. Er kam schnurstracks auf mich zu, knallte mir eine und schrie mich an: »Wegen deinem Rumgeballere auf die Mauer können wir nicht einschlafen. Was glaubst du, wer du bist? Wir müssen hart arbeiten, um alles für dich zu bezahlen. Du hast keinen Respekt. Ruhe jetzt, sonst bekommst du was mit dem Gürtel. Hast du mich verstanden?«

Der Gürtel blieb nicht nur eine leere Drohung. An einem Wintertag, an dem er wegen des schlechten Wetters nicht arbeiten konnte, fing er schon morgens mit dem Saufen an. Mutter war in der Fabrik. Er behauptete, dass ich mich mit einer Geste über ihn lustig gemacht hätte. Das stimmte nicht. War ihm aber egal. Er rannte zum weißen Wandschrank im Schlafzimmer, zog einen seiner vielen Gürtel heraus und verprügelte mich damit.

Ein andermal war Mutter außer Haus bei einem Arzttermin. Dušan hatte schon ein paar Biere getrunken. Wir saßen am Küchentisch. Er drehte sich von seinem blauen Samson-

Tabak mit dem goldschimmernden Löwen auf der Verpackung eine Zigarette und fragte mich, wann ich wieder zu den Behrens zurückfahren würde. Ich zupfte nervös an der Plastiktischdecke, wich seinem Blick aus, antwortete mit zaghafter Stimme: »Am orangenen Tag«.

Ich war erst vor ein paar Monaten eingeschult worden und verband noch alle Tage mit den Farben, die in der Fernsehzeitschrift *Hörzu* den Wochentagen zugeordnet waren. Marianne kringelte jeden Sonntagmorgen die Sendungen an, die sie in der kommenden Woche sehen wollte, um sie später im hektischen Alltag nicht zu vergessen. Ich tat das Gleiche mit meinen Lieblingsserien und merkte mir dabei jeden Tag mit seiner Farbe: Am gelben Montag fuhren Marianne und ich immer mit unserem metallicroten BMW zum Wocheneinkauf nach Sindelfingen in das riesige Breuningerland mit seinen zahlreichen Geschäften, am grünen Dienstag lief *Biene Maja* im zweiten Programm und am Nachmittag hatte ich Fußballtraining, am blauen Mittwoch durfte ich Freunde zum Spielen zu mir nach Hause einladen und musste danach mein Zimmer aufräumen, am rosafarbenen Donnerstag kam *Flipper* und später am Abend *Dalli Dalli* mit Hans Rosenthal, am lilafarbenen Freitag gab es zumeist Fisch zum Mittagessen und alle freuten sich auf das Wochenende, am roten Samstag wurde, nachdem ich stundenlang mit den Nachbarkindern im Garten gekickt hatte, ausgiebig gebadet und danach im Pyjama auf dem mit Blumenmustern bestickten dunkelroten Teppich vor dem Fernseher *Wetten, dass..?* geschaut, und am orangefarbenen Sonntag gab es nach dem deftigen Ofenbraten am Nachmittag bei Kaffee und Kaltgetränken immer leckeren Obst- oder Schokoladenkuchen, den Robert, mein Pflegevater, kurz zuvor bei einer alteingesessenen Bäckerei für die ganze Familie besorgt hatte.

Meine Woche war bunt, Dušans war es ganz offensichtlich nicht. Meine Antwort auf die Frage, wann ich wieder zu den Behrens zurückfahren würde, missfiel ihm sehr. Er beschimpfte mich als Dummkopf, Nichtsnutz und Sohn eines Versagers, meinte, dass ich in meinem Alter die Wochentage fließend auswendig kennen müsse, und sprach sie mir ein ums andere Mal in drohendem Tonfall vor. Ich hatte sie fehlerfrei zu wiederholen. Sobald ich einen Wochentag vergaß oder durcheinanderbrachte, landete seine mächtige Hand in meinem Gesicht. Ich wurde zusehends unsicherer, verhaspelte mich immer häufiger, woraufhin er als Strafe mal wieder den Gürtel aus dem weißen Wandschrank holte.

Ich hasste ihn. Seine Stimmung konnte von einem Moment auf den anderen kippen, man wusste nie, woran man bei ihm war. Ständig musste ich auf der Hut sein, war angespannt, nervös, wollte ja nur keinen Fehler begehen. Es schien, als ob er nur darauf lauerte, mir eine zu verpassen. Er war der Mann, der Herrscher, der Gebieter, der alles mit einem machen konnte. Noch ein paar Mal verprügelte er mich wegen nichts und wieder nichts mit dem Gürtel. Mutter schaute weg, sagte beschwichtigend, dass dies nur Ausrutscher gewesen seien. Auf Serbokroatisch heißt Gürtel *kaiš*. Und noch heute, viele Jahrzehnte später, läuft es mir, sobald ich das Wort *kaiš* höre, eiskalt den Rücken hinab.

Ich flehte Mutter an, ihn zu verlassen. Sie legte die ewig gleiche Platte auf. Die wenigen Refrains kannte ich auswendig. Eigentlich ist er doch ein guter Mann. Er arbeitet hart für seinen Sohn. Er baut seiner Mutter ein Haus. Er ist fleißig und anständig. Schuld an allem ist nur dieser verfluchte Alkohol. Er wird nicht mehr trinken. Und schon bald werden wir glücklich sein. Eine B-Seite gab es nicht. Anfangs kämpfte ich noch dagegen an: Immer und immer wieder fragte ich sie, weshalb sie sich so sehr von ihm erniedrigen ließ. Sie war doch frei, war finanziell unabhängig von ihm, hätte ihn jederzeit verlassen können. Manchmal erwiderte sie nichts, starrte nur dumpf und ausdruckslos vor sich hin. Manchmal sprach sie von ihrem Vater, der sie und die Familie damals in Maovice verprügelte, wenn er Alkohol getrunken hatte. Oft weinte sie und bezichtigte sich selbst als ungebildet und dumm. Ich hasste sie für ihre Schwäche und fühlte zugleich tief in mir, dass sie mich, obwohl sie sich nicht von Dušan trennte, mehr als alles andere auf der Welt liebte.

9

Nachdem er mich, als ich elf Jahre alt war, mal wieder mit dem Gürtel verprügelt hatte, drohte ihr Marianne, die für mich schon lange wie zu einer zweiten Mutter geworden war, mit dem Jugendamt. Marianne ließ keine Ausreden mehr gelten und auch ich wollte nicht mit dieser ständigen Angst weiterleben. Meine Mutter begriff, dass dies ein letzter Warnschuss war. Endlich fand sie den Mut, sich gegen Dušan aufzulehnen. Sie stellte ihn zur Rede, machte ihm unmissverständlich klar, dass sie es nicht zulassen werde, seinetwegen ihren Sohn zu verlieren. Ich saß im Schlafzimmer nebenan und konnte sie in der Spiegelung des ausgeschalteten Röhrenfernsehers beobachten. Mit verschränkten Armen stand sie vor Dušan am Küchentisch.

»Keine Schläge mehr. Keine Ausrutscher. Und keine gottverdammten Entschuldigungen. Wenn du Alem noch einmal schlägst, verlasse ich dich. Hast du mich verstanden? Und noch etwas: Ich will hier weg, raus aus diesem Drecksloch. Wir werden umziehen. Wenn dir irgendetwas daran nicht passt, pack deine Koffer und verschwinde aus meinem Leben.«

Ich zitterte und dachte, dass er sie gleich verprügeln würde. Aber nichts dergleichen geschah. Dušan drehte sich eine Zigarette, nippte an seinem Bier, hob den Kopf und blickte zu meiner Mutter. Nachdenklich fuhr er sich mit seiner Hand übers Gesicht.

»In Ordnung, Smilja. Wir fangen noch einmal von vorne

an. Ich schwöre dir auf alles, was mir heilig ist, Alem nie wieder zu schlagen.«

In diesem Moment war ich so stolz wie noch nie auf meine Mutter.

Ein paar Monate später zogen sie vom Osten in den Westen der Stadt. Die neue Wohnung lag in Bockenheim, in der Schloßstraße 13, im siebten Stock eines Neubaus aus den Sechzigerjahren. Der Kontrast hätte kaum größer sein können: Dort, in der Hanauer Landstraße, die Enge, das alte Mobiliar, die Last der Erinnerungen, der dunkle Hinterhof und das verkommene Viertel. Und hier, im lebendigen Bockenheim, zwei große lichtdurchflutete Zimmer, ein neues Bett, eine neue Couchgarnitur und der weite Blick auf die grünen Hügel des Taunus.

Der Wohnungswechsel schien tatsächlich einiges zu bewirken. Dušan trank nur noch zwei oder drei Bier am Abend, half beim Einkauf, machte Witze, war umgänglicher, kaufte meiner Mutter jedes Wochenende Blumen und war auch mir gegenüber freundlich und aufgeschlossen, wenn ich sie in Frankfurt besuchte. Obwohl ihn das überhaupt nicht interessierte, fragte er mich manchmal sogar, ob ich beim Fußball mal wieder ein Tor geschossen hätte. Meine Mutter atmete durch, wurde ruhiger, gelassener, und ab und zu meinte ich sogar einen Hauch von Glück um ihre Mundwinkel herum zu erkennen. Ich blieb dennoch skeptisch, vertraute ihm, der uns so viel Leid zugefügt hatte, nicht wirklich. Aber ich war erleichtert, nicht mehr geschlagen zu werden, und es war auch schön, meine Mutter endlich mit erhobenem Haupt zu erleben.

10

Ein paar Jahre später, mit dem Einzug von Svetozar im Herbst 1988, brach das Kartenhaus, das sich die beiden so mühevoll in der Schloßstraße aufgebaut hatten, von einem Tag auf den anderen komplett in sich zusammen. Svetozar war auf die schiefe Bahn geraten. Er war sechzehn, knapp zwei Jahre älter als ich, hatte glatte schwarze Haare, dunkle Augen, war recht groß und sportlich gebaut. In Kačarevo hatte er häufig die Schule geschwänzt, mit dem Rauchen begonnen, sich nachts in Kneipen herumgetrieben und ab und zu in Kaufhäusern Klamotten geklaut. Als Dušan davon erfuhr, holte er ihn nach Frankfurt. Svetozar kannte seinen Vater kaum. In den Sommermonaten hatte Dušan immer den netten Kerl gespielt, der am Haus arbeitete und in Ordnung zu sein schien. Noch nie war er von ihm geschlagen worden.

Gleich zu Beginn verbot Dušan ihm das Rauchen. Damit wollte er klarstellen, wer ab sofort das Sagen hatte. Svetozar scherte sich nicht sonderlich darum und rauchte heimlich weiter. Als Dušan in seinem Kleiderschrank eine Schachtel Camel unter einem Stapel Hemden fand, prügelte er ihn mit dem Gürtel windelweich. Svetozar stand danach am Fenster, blickte von seinem Zimmer im siebten Stock auf das nächtliche Lichtermeer der Stadt hinab, wischte sich die Tränen aus den Augen und schwor Rache. Das war der Anfang von einem nicht enden wollenden Albtraum.

Obwohl ich Svetozar all die Jahre noch nie gesehen hatte, war er stets gegenwärtig. Dušan verglich mich ständig mit ihm. Oft musste ich mir anhören, dass er besser erzogen, fleißiger, begabter und intelligenter sei als ich. Dementsprechend groß war die Überraschung, als es eines Tages hieß, dass er ab sofort in Frankfurt wohnen würde, weil er in Kačarevo Mist gebaut hatte. Ich hegte keinen Groll gegen Svetozar. Er wusste ja nicht, dass Dušan immer mit ihm geprahlt hatte.

In den Schulferien kamen wir uns langsam näher. Wir schlenderten stundenlang durch die Stadt und erzählten uns Geschichten aus unserem Leben. Svetozar trug halbhohe Chucks, verwaschene blaue Jeans, eine dunkle Lederjacke, war gewitzt, hübsch und ziemlich cool. Mir gefiel sein unbekümmertes und rebellisches Auftreten sehr. Als er merkte, dass er mir vertrauen konnte und ich ihn niemals bei Dušan verraten würde, fuhren wir eines Tages mit dem Aufzug runter in den Keller. Hinter einem staubigen Bretterverschlag, der von Spinnweben überzogen war, zog er eine Schachtel Camel heraus und lachte verschmitzt: »Das ist doch ein geniales Versteck, Alem. Das wird dieser Idiot niemals finden.«

Kurz darauf zündete er sich, vor dem Woolworth auf der Leipziger Straße, ohne sich umzudrehen, die erste Zigarette an. Das fand ich mutig, denn Dušan hätte uns ja hinterherspionieren können. Svetozar steckte die Schachtel lässig zurück in die Innentasche seiner Lederjacke, nahm einen tiefen Zug, stieß genüsslich den Rauch aus und lächelte zynisch.

»Scheiße, Alem, ich hatte keine Ahnung, was für ein Riesenarschloch mein Vater ist. Er hat mich jetzt schon ein paar Mal mit dem Gürtel verprügelt. Und das alles wegen ein paar verdammter Zigaretten.«

Wir liefen weiter Richtung Bockenheimer Warte. Plötzlich kickte er eine auf dem Boden liegende Coladose auf die Straße und blickte mir dann zornig in die Augen.

»Aber eins sag ich dir: Ich werde mich niemals von ihm verbiegen lassen. Nachdem Mutter an einer seltenen Lungenkrankheit gestorben ist, hat er mich bei meiner Oma und meinem Onkel gelassen. Und jetzt, nach all den Jahren, will er plötzlich den Vater spielen. Das kann er sich in den Arsch schieben, dieser Wichser.«

Weder er noch Dušan gaben in den darauffolgenden Monaten auch nur einen Millimeter nach. Sobald Svetozar von der privaten Sprachschule, in der er im Schnelldurchgang Deutsch lernen sollte, nach Hause kam, musste er sich bis auf die Unterhose nackt vor ihm ausziehen. Dušan durchsuchte die Schulmaterialien und Taschen nach Zigaretten, roch an den Kleidungsstücken, und wenn er eine Zigarette fand oder Rauch an ihm oder den Klamotten zu erschnüffeln glaubte, verprügelte er ihn mit dem Gürtel.

Svetozars Hass auf seinen Vater wuchs, er wurde härter, abgestumpfter und begann damit, Autoradios zu klauen, die er später auf einem Flohmarkt an Schwarzmarkthändler verkaufte. Mit dem eingenommenen Geld finanzierte er seine Zigaretten und verschaffte sich eine gewisse Unabhängigkeit. Die Autoradios brachten ihn in Kontakt mit einigen zwielichtigen Typen. Schnell fand er heraus, dass er mit dem Verkauf von Drogen noch viel mehr Geld verdienen konnte. Mit ein paar anderen Jugos, alle Jugendliche in seinem Alter, vertickte er schon bald im Frankfurter Bahnhofsmilieu Gras, Haschisch, Koks und Ecstasy-Pillen. Die Polizei erwischte ihn eines Tages auf frischer Tat. Dušan musste ihn vom Revier abholen. Die ganze Nacht über schlug er wie ein Verrückter auf ihn ein.

11

Meine Mutter verzweifelte und konnte, während sie in der Küche kochte oder im Schlafzimmer Fernsehen schaute, die Schreie hinter der Tür kaum mehr ertragen. Ich stritt mich oft mit ihr über Svetozar. Meistens saßen wir dabei im *Café Libretto* in einer Seitenstraße der Zeil, um uns von Dušan ungestört unterhalten zu können. Sobald der Kellner die Getränke brachte, ging es auch schon los.

»Weshalb lässt du das alles zu, Mama? Warum unternimmst du nichts gegen die Schläge? Das ist doch der pure Wahnsinn.«

Sie löffelte nervös im Milchschaum ihres Cappuccinos.

»Was soll ich machen? Ich darf mich nicht einmischen. Was glaubst du, was Dušan mit mir macht, wenn ich etwas sage? Außerdem ist Svetozar an allem schuld. Weshalb raucht er und klaut auch noch Sachen? Er ist kein guter Junge. Dušan möchte doch nur das Beste für ihn.«

Die Wut kochte in mir hoch.

»Du machst dir was vor. Svetozar ist nicht schuld. Ja, er raucht, und ja, er hat in Kačarevo bestimmt nicht alles richtig gemacht. Aber das waren doch nur Kleinigkeiten. Es hätte doch nur ein bisschen Geduld und Verständnis gebraucht. Was erreicht er denn mit all diesen verfluchten Schlägen? Nichts. Außer, dass Svetozar ihn noch mehr hasst. Das weißt du doch ganz genau.«

Sie versuchte meinem Blick auszuweichen, blickte zur Fensterfront hinaus.

»Dušan kennt nichts anderes. Er wurde von seinen Eltern hart erzogen. So ist das in Jugoslawien. Die denken, dass man mit Gewalt alles erreichen kann. Er hat keine Ahnung von Erziehung. Ich kann nichts machen. Außerdem sind die beiden stur wie der Teufel. Wie der Vater, so der Sohn.«

Ich schüttelte den Kopf.

»Nein, Mama. Svetozar ist in Ordnung. Er ist vielleicht ein bisschen wild, aber ganz bestimmt kein schlechter Mensch. Das Problem seid ihr. Das Leben bei euch ist die Hölle. Habt ihr einmal versucht, euch in ihn hineinzuversetzen? Ihr habt ihn aus seinem Dorf, seinem Freundeskreis und seiner vertrauten Umgebung herausgerissen. Sein Onkel und seine Oma waren wie Eltern für ihn. Und dann bringt Dušan ihn einfach hierher, in dieses fremde Land. Auf einmal wohnt er mit zwei Menschen, die er nicht wirklich kennt, in einem kleinen Zimmer in einem gottverdammten Hochhaus in Frankfurt. Und schau doch mal, wie euer Leben aussieht: immer nur Arbeit, Fernsehen und nichts, worauf man sich freuen kann. Und dann noch die Schläge, all diese Gewalt. Das alles hier macht ihn kaputt. Ihr macht ihn kaputt. Was glaubst du, was mit mir in Frankfurt passiert wäre? Wahrscheinlich wäre ich auch auf dumme Gedanken gekommen.«

Sie sah auf, blickte mich mit ihren großen braunen Augen unschuldig an.

»Ich weiß, Alem. Deshalb habe ich dich bei den Behrens gelassen. Ich hätte mir gewünscht, dass du bei mir aufwächst. Aber ich sah keinen Ausweg. Mit Dušan ging es nicht. Und was, wenn ich ihn verlassen hätte? Ich war nicht mehr die Jüngste: Welcher Mann hätte mich mit einem Kind noch genommen? Ich hatte Angst, als alleinerziehende Mutter zu versagen. Wo hättest du dich in Frankfurt herumgetrieben, während ich arbeiten musste? Ich wollte immer nur dein Bestes.«

»Das sagst du immer. Wir haben schon so oft darüber gesprochen. Aber du machst es dir zu einfach. Natürlich hättest du noch einen Mann finden können. Und natürlich hätten wir zwei es auch allein schaffen können. Aber das ist jetzt auch gar nicht so wichtig. Wir haben unsere Probleme und die sind wirklich nicht gerade klein. Aber darum geht es jetzt nicht. Du musst Svetozar helfen.«

Sie sah mich ratlos an.

»Wie denn?«

»Rede mit Dušan, überzeuge ihn davon, dass die Schläge nicht die Lösung sind. Tu verdammt nochmal was.«

»Ich habe schon mit ihm gesprochen. Das bringt nichts. Alles wird noch viel schlimmer. Verstehst du, ich bin ja nicht mal seine leibliche Mutter. Die respektieren mich beide nicht. Ich kann nichts machen.«

Am liebsten hätte ich ihr geantwortet: Ja, so wie bei mir. Damals konntest du angeblich auch nichts machen.

Das schluckte ich jedoch hinunter. Weshalb sollte ich sie noch mehr quälen? Am Ende des Tages war meine Mutter die ärmste Sau von allen. Sie ertrug den ganzen Stress mit Svetozar nicht mehr, stand am Rande eines Nervenzusammenbruchs, zitterte ständig mit der Unterlippe und bekam einen rötlichen Hautausschlag, der großflächig ihren gesamten Oberkörper befiel. Sie fühlte sich einsam, hilflos und hässlich.

12

Im Vergleich zu Svetozar hatte ich ein unbeschwertes Leben. Ich lebte inzwischen mit den Behrens am Rande der Schwäbischen Alb in der Nähe von Herrenberg, war mit Punkmusik in Berührung gekommen, hatte meinen ersten Rausch hinter mir, war in Martina verliebt, die sich unglücklicherweise nicht für mich interessierte, und paukte für meinen Realschulabschluss.

Ich wollte Svetozar unbedingt helfen, kannte das Gefühl der Ausweglosigkeit nur allzu gut, war ja ebenso jahrelang von Dušan gedemütigt worden. Als ich in den Herbstferien mal wieder in Frankfurt war, fuhren wir mit der U-Bahn runter an den Main, setzten uns am Südufer auf eine Bank, öffneten eine Tüte Chips und warfen genervt ein paar Kieselsteine ins Wasser. Zum Schein machte Svetozar inzwischen eine Lehre als Kfz-Mechaniker. In Wirklichkeit verkaufte er noch immer Drogen im Rotlichtviertel und stahl hin und wieder Autoradios. Es war Ende Oktober. Rechts lag die Altstadt mit ihren Kirchturmspitzen und links, im Bankenviertel, glitzerten die Glasfassaden der Wolkenkratzer im gleißenden Licht der untergehenden Sonne. Ich wischte mit meinem Fuß das bunte Laub am Boden beiseite.

»Wenn du willst, verprügeln wir ihn heute Nacht. Gegen uns beide wird er keine Chance haben.«

Svetozar zündete sich eine Zigarette an, beobachtete abwesend die vorbeifahrenden Fährschiffe, die ab und zu ihre Schiffshörner erklingen ließen.

»Das bringt nichts, Alem. Das würde er sich nie gefallen lassen. Er würde zurückschlagen. Und was würde danach geschehen?«

Ich holte tief Luft, dachte nach.

»Na gut, dann zeigen wir ihn, so wie ich es dir doch schon vor Monaten vorgeschlagen habe, bei der Polizei oder beim Jugendamt an. Die bringen dich in Sicherheit. Dann kommst du woanders hin, wo es dir bestimmt besser gehen würde.«

Svetozar strich sich seine schönen schwarzen Haare aus der Stirn, schnippte seine Zigarette in Richtung einiger Schwäne, die nach einem kurzen Zucken ungerührt weiter ein paar Brotkrümel in Ufernähe aufpickten, und lächelte spöttisch.

»Was redest du da? Warum willst du mich plötzlich retten? Lass das sein. Ich will nirgendwo anders hin. Ich will in kein Heim und zu keiner deutschen Familie. Ich will nach Hause, zu meiner Familie. Und das geht nur, wenn Dušan aufgibt. Das habe ich dir doch schon gesagt. Er hat immer noch viele Freunde in Kačarevo, die mir das Leben ganz schön schwer machen können. Er muss aufgeben und ich verspreche dir, dass er aufgeben wird. Und jetzt Schluss mit all diesem dummen Geschwätz. Lass uns lieber noch in die Stadt gehen und irgendwo was trinken.«

Im März 1990, eineinhalb Jahre nachdem er nach Frankfurt gekommen war, endete alles mit einem Paukenschlag. Ein Streifenpolizist hatte Svetozar auf frischer Tat beim Autoradioklauen erwischt und ihn beim anschließenden Fluchtversuch angeschossen. Es war ein Bauchschuss, den er nur knapp überlebte. Ich besuchte ihn im Krankenhaus. Immerhin hatte er sein Ziel erreicht, hatte gewonnen, wie er es nannte: Ein paar Wochen später wurde er aus Deutschland ausgewiesen. Er war mir ans Herz gewachsen. Der Abschied fiel mir schwer. Er ging zurück nach Kačarevo, zog in eine kleine Wohnung, wurde Taxifahrer, heiratete und bekam eine Tochter. Ich sah Svetozar nur noch einmal, als ich viele Jahrzehnte später das Grab meines Vaters in Belgrad suchte. Es schien ihm gut zu gehen. Mit Dušan hat er seitdem kein einziges Wort mehr gesprochen.

Kapitel 2

Der Deutschtest

13

Kurz darauf, in den Sommerferien 1990, fuhren Mutter und ich so wie jedes Jahr ohne Dušan mit dem Zug nach Jugoslawien, nach Maovice, um meine Großeltern, *Baba* und *Deda*, zu besuchen. Der Urlaub sollte eine Katastrophe werden. Letztlich blieben wir nur ein paar Tage. Titos Porträts wurden überall abgehängt. Die Kroaten strebten die Unabhängigkeit an, die Serben errichteten Straßenbarrikaden. Gerüchte über erste Schusswechsel machten die Runde. Nach einem Basketballspiel der jugoslawischen Nationalmannschaft, das wir uns gemeinsam im Dorf im Fernsehen angeschaut hatten, flogen die Fäuste. Mutter und mir wurde sehr schnell klar, dass es hier zu gefährlich für uns wurde. Wir packten die Koffer und flohen in Panik mit dem Bus zurück nach Deutschland. Oma, Opa und all unsere anderen Verwandten hatten jedoch keine Wahl, mussten bleiben. Als ich mich von *Baba* und *Deda* in unserem alten wackligen Bauernhaus verabschiedete, ahnte ich, dass ich die beiden nie mehr in meinem Leben sehen würde.

Zurück in Deutschland war ich mit den Behrens von Herrenberg nach Rexingen in den nördlichen Schwarzwald gezogen, weil wir uns die Miete für unser Haus im Stuttgarter Ballungsraum nicht mehr leisten konnten. Für mich war es der dritte Umzug mit meiner Pflegefamilie. Meine Eltern Marianne und Robert hatten sich 1943, kaum den Jugendjahren entwachsen, während des Krieges in Düsseldorf kennengelernt, kurz darauf geheiratet, sieben eigene Kinder bekommen und später, als die meisten von ihnen bereits außer Haus waren, Pflegekinder von alleinstehenden ausländischen Frauen aufgenommen. Marianne liebte Babys und Kleinkinder, wollte den Frauen vorübergehend helfen und sich auch noch eine Kleinigkeit hinzuverdienen. Spätestens bei der Einschulung sollten die Kinder, da sie nicht mehr die Jüngste war, wieder zurück zu ihren Eltern gehen. Ich war der Einzige, der blieb, wurde zu ihrem achten Kind und war beiden mehr als nur dankbar dafür. Sie hatten mir ein Leben mit Dušan in Frankfurt erspart, mich wie ihr eigenes Kind aufgezogen und nie einen Zweifel daran gelassen, dass sie mich liebten. Als ich elf war und die Schläge von Dušan unerträglich wurden, hatten sie mir sogar angeboten, mich zu adoptieren. Es fehlte nicht viel und ich hätte Alem Behrens geheißen.

Ich hatte es, auch dank ihrer strengen preußischen Erziehung, mittlerweile auf das Wirtschaftsgymnasium in Böblingen geschafft und musste nun jeden Morgen mit dem Zug eine Stunde lang zur Schule fahren. Ich fühlte mich oft einsam, hatte mal wieder all meine Freunde und meine vertraute Umgebung verloren, die Geschichte mit Svetozar und die Erlebnisse in Jugoslawien steckten mir noch in den Knochen, ich befand mich in der Pubertät, hatte tausend Fragen und stritt mich immer häufiger mit meinem deutschen Vater, der ein ewig gestriger Nazi war.

Wir wohnten in der Mitte von Rexingen, umrahmt von den hügeligen Wäldern des Schwarzwaldes, an einer sehr kurvigen, steil ansteigenden Straße. Nur ein paar Meter Luftlinie entfernt türmten sich die evangelische und die katholische Kirche in die Höhe. Ihr lautes Glockengebimmel brachte mich am Sonntagmorgen um meinen wohlverdienten Schlaf. Unter der Woche musste ich um 5:30 Uhr aufstehen, um erst mit dem Bus nach Horb am Neckar und dann von dort aus mit dem Zug nach Böblingen zu meinem Gymnasium zu fahren. Die sonntäglichen Kirchenglocken habe ich, während ich mich im Bett hin und her wälzte und meinen Kopf verzweifelt im Kissen vergrub, mehr als nur einmal lautstark verflucht.

Wie ich einmal zufällig in einem Artikel im *Schwarzwälder Bote* las, war die evangelische Kirche eigentlich eine jüdische Synagoge, die von den Nazis in der Pogromnacht am 9. November 1938 in Brand gesetzt wurde. Auf einer Anhöhe am Rand des Dorfes existierte noch ein jüdischer Friedhof mit einigen Hundert Grabsteinen. Die Nazis hatten 1933 vor dem Friedhof ein großes steinernes Hakenkreuz-Denkmal errichtet, das die schwäbischen Dorfbewohner nach Kriegsende in ein christliches Kreuz verwandelt hatten. Ich saß abends, wenn ich allein sein wollte, oft auf dem Steinsockel vor dem Kreuz. Dort oben, mit Blick auf das Dorf, die Täler und Hügel des Schwarzwaldes, konnte ich mich so schön hinwegträumen. Dass dort einst ein Hakenkreuz stand, wusste ich lange nicht.

Auch das Haus, in dem wir lebten, war früher von Juden bewohnt worden. Über der Eingangstür war eine hebräische Inschrift eingraviert und am rechten Türpfosten gab es eine Aushöhlung für die Mesusa, eine Kapsel, in der sich ein auf Pergament geschriebenes Gebet befand, das die Bewohner segnen und beschützen sollte. Im Sommer kamen oft jüdische Reisegruppen, um die Inschrift und die Aushöhlung zu besichtigen. Manche von ihnen waren in Hemd und Jeans gekleidet, andere hatten riesige Bärte und Schläfenlocken, trugen schwarze Mäntel und große dunkle Hüte. Sobald die Juden vor unserem Haus standen, drehte Robert in seinem Büro, das direkt neben der Eingangstür lag, das kleine Kofferradio mit deutscher Volksmusik auf die höchste Lautstärke.

Robert war recht klein, hatte einen großen dicken Bauch und kaum mehr Haare auf dem Kopf, trug eine Brille mit breitem, dunkelbraun gescheckten Kunststoffrahmen und viel zu enge Flanellhemden, an denen ständig die Knöpfe abfielen. In seiner rechten Schulter klaffte ein riesiges Loch. Ein russischer Granatsplitter hatte ihn während des Russlandfeldzuges dort getroffen. Inzwischen war er beinahe siebzig, seine besten Jahre als Motorradjournalist lagen hinter ihm. Er beantwortete nur noch von zu Hause aus die Leserbriefe für die Zeitschrift. Ganz hatten sie ihn jedoch noch nicht abgeschrieben: Monat für Monat bekam er von seiner Redaktion noch die neuesten Motorräder zum Mittesten gestellt, die PS-stark und chromblitzend vor unserer Garageneinfahrt standen.

Robert und ich waren wie Vater und Sohn: Er fuhr mich mit dem Motorrad zum Fußballtraining, machte morgens das Frühstück für mich, war ein herzensguter Mensch. Aber es gab auch eine andere, dunkle Seite an ihm, die mich zunehmend von ihm entfremdete. Er war Wehrmachtssoldat in einer Panzerdivision gewesen, verehrte Adolf Hitler, leugnete den Holocaust, hatte im Rausch der Wiedervereinigung Kontakt zu den rechtsnationalen Republikanern aufgenommen und hasste die Juden.

Einmal kam er keuchend die Treppe hinaufgestürmt. Marianne und ich saßen im Wohnzimmer und schauten Fernsehen. Er fegte durchs Wohnzimmer, schrie wutentbrannt:

»Jetzt reicht's«, verschwand in der Abstellkammer und stand dann mit einem Hammer und einem Meißel vor uns.

Marianne sah ihn entsetzt an: »Paps, was hast du vor?«

Das Blut schoss ihm ins Gesicht: »Ich kann diese Juden nicht mehr ertragen. Sie sind Wucherer, Lügner, haben uns verraten. Ich werde dem allen ein Ende bereiten und die Inschrift endlich wegschlagen.«

Marianne drückte nervös ihre Zigarette im Aschenbecher aus: »Bist du jetzt völlig verrückt geworden? Das Haus steht unter Denkmalschutz. Die werden dich anzeigen, und was sollen die Leute im Dorf über uns denken?«

»Das ist mir doch egal. Ich kann hier tun und lassen, was ich will.«

Marianne richtete sich im Sessel auf, sah ihn streng an: »Nein, das kannst du nicht. Und jetzt legst du das alles sofort wieder zurück in den Werkzeugkasten. Hast du mich verstanden?«

Robert stampfte ohne Hammer und Meißel zornig die Treppe zu seinem Büro hinunter und drehte das kleine Kofferradio mit deutscher Volksmusik mal wieder voll auf. Die jüdischen Besucher vor unserem Haus sahen sich ratlos und erschrocken an.

Ich schämte mich für ihn, für uns, konnte ihn nicht verstehen, hatte mit der Schulklasse Auschwitz besucht, war ein Ausländer, ein Jugo mit muslimischem Namen, war sein Sohn. Manchmal stellte ich ihn zur Rede. Er ließ nichts gelten, leugnete alles, sprach unentwegt vom angeblichen Bombenholocaust auf Dresden. Meine deutschen Geschwister schauten weg, wollten es nicht wahrhaben, taten es als die Spinnereien eines alten Mannes ab, der sich lediglich nach seiner Jugend zurücksehnte. Ich versuchte nicht daran zu denken, fuhr weiterhin zur Schule, vergrub mich in die Literatur, die ich erst ein Jahr zuvor für mich als Zufluchtsort entdeckt hatte, las Kerouac, Hesse, Camus, Sartre, Kafka, Hemingway, Thomas Mann und Dostojewski, hörte die Doors und Punk und grübelte, mit Blick über das Dorf und die Täler und Hügel des Schwarzwaldes, über den Sinn des Lebens nach.

14

Eines Tages hatte ich die Schnauze gestrichen voll von meiner Einsamkeit. Ich sah ein paar Jugendliche auf dem Feld hinter der katholischen Kirche Fußball spielen, ging hin und fragte, ob ich mitspielen dürfe. Ein kleiner Türke mit langen schwarzen lockigen Haaren, offenem Hemd und einem Goldkettchen um den Hals – ganz offensichtlich der halbstarke Anführer – musterte mich geringschätzig und sagte, ohne mich dabei anzublicken: »Na gut. Warum auch nicht. Du spielst für die andere Mannschaft. Mal schauen, was du so draufhast.«

Ich hatte es tatsächlich drauf, war schon immer ein guter Fußballer gewesen, nahm die Herausforderung an, ließ mir nichts gefallen, ging keinem Zweikampf aus dem Weg, spielte hart und schoss ein Tor nach dem anderen. Der kleine Türke war sichtlich beeindruckt. Nach dem Spiel setzte er sich neben mich und wir begannen zu quatschen. Wir mochten uns sofort. Er hieß Ferhat. Wir wurden beste Freunde.

Ferhat war siebzehn, hatte einen Hauptschulabschluss, sprach perfekt Deutsch und gebrochen Türkisch, arbeitete gelegentlich auf dem Bau, ließ sich treiben und verkaufte hin und wieder als zusätzliche Einnahmequelle kleine Mengen Haschisch und Gras an die Jugendlichen im Dorf. Das hätte mich abschrecken sollen, tat es aber nicht. Er hatte drei Geschwister. Mit seinen zwei jüngeren Brüdern Mustafa und Yusuf, die in Horb am Neckar auf die Hauptschule gingen, teilte er sich ein Zimmer. Seine ältere Schwester Leyla hatte ein eigenes Zimmer. Sie machte gerade eine Ausbildung zur Krankenschwester in Tübingen, war schlank, großgewachsen und sehr hübsch. Leider sah ich sie nur selten, da sie meistens erst spät von der Arbeit zurückkam.

Das Haus, in dem sie im zweiten Obergeschoss wohnten, lag gleich hinter dem Dorfbrunnen. Manchmal besuchte ich Ferhat dort. Die Schuhe mussten am Eingang ausgezogen werden. Der Boden war mit kunstvoll verzierten bunten Teppichen ausgelegt. Gegessen wurde im Schneidersitz auf weichen Kissen, es gab gefüllte Weinblätter, Hummus, Börek, Köfte oder Lahmacun und es roch nach Minze, Petersilie, Knoblauch und Kreuzkümmel. Im Fernsehen liefen nur türkische Programme, die über eine riesige kreisrunde Satellitenschüssel draußen an der Hauswand ins warme Wohnzimmer übertragen wurden. Feyza, Ferhats Mutter, brachte nach dem Essen immer Tee und Kekse und verschwand danach wie ein Geist mit ihrem Kopftuch wieder in der Küche. Das sei keine Unhöflichkeit, meinte Ferhat. Sie sei eine herzensgute Frau, nur eben auch schüchtern und dazu noch streng traditionell erzogen worden. Obwohl Ali, Ferhats Vater, nicht darauf bestand, verließ sie bei jedem Männerbesuch unverzüglich das Wohnzimmer.

Ali rauchte ununterbrochen, war noch kleiner als Ferhat, betete fünfmal am Tag gen Mekka, hatte einen dicken Bauch, trug einen dunklen Schnauzer, arbeitete am Band für Daimler in Sindelfingen und war mächtig stolz auf seinen blank polierten schwarzen Mercedes, der unten vor der Einfahrt des Hauses stand. Die zwei kleineren Brüder spielten häufig in ihrem Zimmer auf der Atari-Spielkonsole Formel-1-Rennen. Privatsphäre gab es kaum. Ich blieb nie lange dort. Schön fand ich es dennoch bei ihnen: Die orientalischen Gerüche, die anderen Sitten und die fremde Sprache ließen mich von Reisen in ferne Länder träumen.

Zu mir nach Hause konnte ich Ferhat nicht einladen. Marianne und Robert hätten nicht verstanden, weshalb ich mich mit einem Jungen angefreundet hatte, der wie ein türkischer Kleinkrimineller aussah und ganz offensichtlich nicht ihren Vorstellungen von einem angemessenen Umgang für mich entsprach. Aber wusste ich überhaupt, weshalb ich Ferhats Nähe suchte? Erinnerte er mich an Svetozar? Fand ich es reizvoll, dass er verbotene Dinge tat? Verband mich mit ihm, dass er als Ausländer ähnliche Erfahrungen wie ich gemacht hatte? Oder gefiel es mir ganz einfach, dass er nicht mehr zur Schule ging und cool und stark wirkte? Ich weiß es nicht, vielleicht war es eine Mischung aus all diesen Dingen.

15

Meistens traf ich mich am Abend mit Ferhat am Dorfbrunnen. Tagsüber war ich in die Schule gegangen, hatte am Nachmittag die Hausaufgaben gemacht, abends mit Marianne und Robert Kohlrouladen mit Knödeln oder Kasseler mit Kartoffelpüree und Sauerkraut gegessen. Nach dem Abwasch und der *Tagesschau* ging ich hinunter in mein Zimmer. Die beiden dachten, dass ich noch lesen oder fernsehen würde. Ich kletterte jedoch, da die knarrende Haustür zu laut gewesen wäre, immer unbemerkt aus meinem Fenster, das sich ebenerdig zur Straße befand. Das ersparte ihnen und mir einen Haufen unnötiger Diskussionen über nächtliche Ausgehzeiten.

Mit der Dorfjugend, die sich auch am Brunnen traf, konnten wir nichts anfangen. Gut, Ferhat verkaufte ihnen ab und zu ein paar Drogen und manchmal spielten wir mit ihnen im Sommer Fußball. Das war's dann aber auch. Sie waren uns schlicht und einfach zu kleingeistig. Wir ließen die Jungs am Brunnen stehen und trampten, da nach 20 Uhr keine Busse mehr fuhren, ins fünf Kilometer entfernte Horb am Neckar. Manchmal dauerte es eine halbe Stunde, bevor uns jemand mitnahm. In engen Kurven ging es hinab nach Ihlingen, in ein kleines Dorf, wo manchmal schon wieder Endstation war. Das machte aber nichts, denn die B14, die gleich hinter Ihlingen lag und flach am Neckar entlang nach Horb führte, war das reinste Tramperparadies. Hier mussten wir nie länger als fünf Minuten auf eine Mitfahrgelegenheit warten.

Horb war eine typische schwäbische Kleinstadt mit Fachwerkhäusern, engen, steil ansteigenden Altstadtgassen und jahrhundertealten Kirchen. Es gab ein paar Bäckereien, ein paar Metzger, ein paar Friseure, ein kleines Kaufhaus, ein paar Restaurants, eine Dönerbude und viele schlechte Kneipen. Eine Ausnahme war das *Na und …?* am Rand der Altstadt. Der Wirt hieß Basti, war ein alter Rocker mit langen Haaren, tätowiert und ziemlich cool. Kurz vor Ladenschluss spielte er als Rausschmeißersong immer: Oinr isch emmer dr Arsch von der schwäbischen Rockgruppe Schwoißfuaß. Ferhat und ich mochten den Song sehr. Der Refrain ging so: »Oinr isch emmer dr Arsch, ond er woiß id mol warom. Oiner bleibt emmer übrig ond koiner schert sich drom.«

Die Kneipe lag in einem alten Fachwerkhaus mit hoher Decke. Die Tische, Stühle und die Theke bestanden aus rustikalem Holz. Ferhat und ich spielten Darts und Billard. Ich war besser im Darts, er besser im Billard. Wir tranken Bier, er Weizen und ich Pils. Nach Svetozars Ausweisung hatte ich, vielleicht auch als ein Zeichen des Aufbegehrens gegen Dušan, mit dem Rauchen begonnen. Ferhats Marke war Marlboro, meine Camel. Manchmal warfen wir eine Mark in die Jukebox, für die man sich drei Songs aussuchen durfte. Er liebte Heavy Metal, wählte meistens »Nothing Else Matters« von Metallica, »War Pigs« von Black Sabbath oder »Ace of Spades« von Motörhead, ich favorisierte Punk und drückte die leuchtenden Knöpfe für »London Calling« von The Clash, »Die, Die My Darling« von den Misfits oder »Anarchy in the U.K.« von den Sex Pistols. Im ganzen verfluchten Schwarzwald gab es vermutlich keine andere Jukebox, die unseren Musikgeschmack besser getroffen hätte.

Ich besaß weniger Geld als er. Das war ihm egal. Immer

lud er mich ein, war einer der großzügigsten Menschen, die man sich nur vorstellen konnte. Manchmal spielte er auch am Geldautomaten. Wenn er verlor, zuckte er nur gleichgültig mit den Schultern. Wenn er gewann und die silbernen D-Mark-Münzen klimpernd aus dem Automaten sprudelten, spendierte er die nächsten paar Runden. Oft saßen wir stundenlang an der Theke, sprachen über Fußball, Frauen und das Leben.

Ab und zu kamen auch ein paar Kumpels von ihm in die Kneipe, die er noch aus seiner Schulzeit kannte. Sie hießen Ismet, Nihat, Hakan, Kostas, Sead und Tomislav, alle Ausländer, Türken, Griechen und Jugos, die so wie Ferhat und ich in Deutschland geboren und aufgewachsen waren. Eigentlich waren wir auch Deutsche, durften es aber nicht sein. Während man in Ländern wie Frankreich, Großbritannien und den USA durch die Geburt oder Kultur zu einer Nation gehörte, zählte hier allein die Abstammung und das Blut. Auch eine doppelte Staatsbürgerschaft wurde unter der Kanzlerschaft Helmut Kohls vehement bekämpft. Wir hatten uns über den Mauerfall und die Wiedervereinigung gefreut und waren zugleich befremdet darüber, dass die Ostdeutschen – anders als wir, die schon immer hier gelebt hatten – von einem Tag auf den anderen ganz selbstverständlich dazugehörten und den Pass mit dem bundesrepublikanischen Adler sogar mit Kusshand erhielten. Wir fühlten uns wie Bürger zweiter Klasse, die man getrost übergehen und beiseiteschieben konnte. Für die Mehrheit der Bevölkerung waren wir immer noch keine richtigen Deutschen.

Der nächtliche Rückweg aus dem *Na und …?* nach Rexingen war beschwerlicher als der Hinweg. Wenn wir niemanden in der Kneipe fanden, der uns nach Hause fuhr, mussten wir wieder trampen. Nach 23 Uhr, insbesondere unter der Woche, waren jedoch kaum noch Autos unterwegs. Die Schwaben lagen im Bett, um am nächsten Morgen ausgeschlafen ihr Tagwerk zu verrichten. Das »Schaffe, schaffe, Häusle baue« war hier keine Plattitüde, sondern eine verdammt ernst gemeinte Lebensphilosophie. Je nach Wetter und Mondphase entschieden wir uns für verschiedene Wege. Regnete es, war der Himmel bewölkt oder gerade Neumond, nahmen wir die beleuchtete B14 und die Hauptverkehrsstraße von Ihlingen nach Rexingen. Meistens liefen wir die fünf Kilometer nach Hause. Manchmal hatten wir aber auch Glück und wurden doch noch von einem Auto mitgenommen. An einem dieser Abende geschah sogar ein kleines Wunder.

16

Es war Sommer und es regnete in Strömen. Wir standen unter einem Vordach. Ein älterer Herr hielt an und fuhr uns, obwohl man zwischen den dichten Regentropfen die Fahrbahn kaum erkennen konnte, mit seinem klapprigen Mercedes immerhin noch bis zur Abzweigung nach Ihlingen. Die Gaststätte unten an der B14 war noch geöffnet. Wir gingen hinein in der Hoffnung, dass sich der Sommerschauer nach einer Weile verziehen oder wenigstens abschwächen würde. Als wir den Gastraum mit unseren patschnassen Schuhen betraten, konnten wir unseren Augen kaum glauben. An einem großen Tisch saßen Wolfgang Kleff, Paul Breitner, Rainer Bonhof, Günter Netzer, Jürgen Grabowski, Jupp Heynckes und Bernd Hölzenbein, nahezu die gesamte Weltmeistermannschaft von 1974. Gut, Gerd Müller, Sepp Maier und Franz Beckenbauer fehlten, aber das war unwichtig. Ferhat und ich nahmen all unseren Mut zusammen und fragten, ob wir uns dazusetzen dürften. Sie machten zwei Plätze frei und erzählten, dass sie in Konstanz ein Benefizspiel zugunsten einer Behinderten-Stiftung gehabt hatten, morgen in Stuttgart kicken würden und hier aufgrund der schlechten Sicht auf den Straßen kurzfristig gestrandet seien.

Die Stimmung war ausgelassen, wir bestellten uns zwei Bier, sprachen mit ihnen über den Sommer 74, über die schmachvolle Niederlage im Auftaktspiel gegen die DDR, die »Nacht von Malente«, als Beckenbauer das Ruder an sich riss, und natürlich auch über das legendäre Endspiel gegen Johan Cruyff und die großartigen Niederländer in München. Hölzenbein versicherte uns augenzwinkernd, dass es ein glasklarer Elfmeter gewesen sei. Kleff, Bonhof, Heynckes und die anderen Jungs waren sichtlich beeindruckt davon, dass ein Türke und ein Jugo, die damals noch in ihre Windeln gekackt hatten, sie für ihre längst vergangenen Heldentaten anhimmelten. Mit Paul Breitner plauderten wir auch noch über die WM 1982 in Spanien, über das atemberaubende Halbfinale gegen Platinis Franzosen und das verlorene Endspiel gegen die Italiener. Über die »Schande von Gijón«, als sie mit den Österreichern einen erbärmlichen »Nichtangriffspakt« geschlossen hatten, schwiegen wir lieber.

Ich hatte mir noch ein Bier bestellt, war redselig und sagte zu Breitner: »Das Halbfinale gegen die Franzosen habe ich in den Schulferien in Jugoslawien gesehen. Ich war acht, im Bergdorf meiner Großeltern gab es nur einen Fernseher, um den sich das halbe Dorf auf der Terrasse eines Nachbarn versammelt hatte. Alle außer mir waren für die Franzosen. Nach dem 1:3 durch Giresse in der Verlängerung schien das Spiel gelaufen zu sein. Ein anderer Kanal wurde eingeschaltet, sie wollten sich jetzt lieber einen Dracula-Film anschauen. Ich war wütend und bestand darauf, dass nach ein paar Minuten nochmal das Spiel eingeschaltet wurde. Unter Protest wurde der Sender gewechselt. Das dauerte eine kleine Ewigkeit: Man musste damals noch wie bei einem Radio an einem Knopf drehen, um den Sender richtig einzustellen. Und dann war das Unglaubliche geschehen: Es stand plötzlich 3:3. Es folgte das Elfmeterschießen, und als Hrubesch schließlich den letzten Elfer verwandelte, sprang ich auf und jubelte lautstark, und die Jugos im Dorf beschimpften mich als scheiß Deutschen, was mich aber überhaupt nicht interessierte. Ich war glücklich.«

Paul Breitner lächelte in seinen Bart hinein, klatschte meine Hand ab: »Ja, ja, das war eines der irrsten Spiele meiner Karriere. Es war unglaublich heiß in Sevilla. Am Ende der Verlängerung ist den Franzosen die Luft ausgegangen und dann standen wir plötzlich im Finale.«

Ich hätte noch die ganze Nacht mit Breitner und all den anderen weiterreden können, aber nach etwa einer Stunde ließ der Regen nach. Die Weltmeister von 1974 machten sich auf den Weg nach Stuttgart. Ferhat und ich waren beseelt, liefen berauscht zurück nach Rexingen und träumten in dieser Nacht ganz bestimmt von wagemutigen Fallrückziehern und spielentscheidenden Toren in den größten Stadien der Welt. In der Aufregung hatten wir ganz vergessen, nach Autogrammen zu fragen. Als wir am nächsten Tag am Dorfbrunnen erzählten, dass wir im gottverdammten Ihlingen die Weltmeistermannschaft von 1974 getroffen hatten, glaubte uns natürlich niemand. Das war uns aber auch scheißegal, denn wir wussten ja, dass die Geschichte stimmte.

17

Meistens jedoch nahmen wir spätabends vom *Na und …?* aus den anderen Weg. Sobald der Mond kräftig und hell genug schien – ansonsten hätten wir ja kaum etwas gesehen – liefen wir die Abkürzung durch den Schwarzwald nach Hause. Zunächst ging es aus Horb hinaus durch den Torbogen des »Luziferturms«. An der Seite war ein Schild mit der Geschichte und der ersten Erwähnung aus dem Jahr 1273 angebracht. Der Turm hieß so, weil er vor einigen Jahrhunderten einmal ein Gefängnis für angeblich vom Teufel besessene Hexen gewesen war. Manchmal, wenn es ganz still war, glaubte ich ihre Schreie hören zu können. Wenn wir dann, so wie einst in den Märchen der Gebrüder Grimm, mit den imaginierten Schreien der Hexen in den dunklen, nur von einer schmalen Mondspur beschienenen Waldweg einbogen, es im Gehölz knisterte, in den Baumwipfeln rauschte, die Abhänge neben uns immer tiefer wurden und unheimliche Geräusche durch den Wald jaulten, wurde uns mitunter ganz schön mulmig. Das hätten wir natürlich niemals zugegeben, redeten lieber ohne Unterlass, sodass ja nur keine furchterregende Stille zwischen uns aufkam. Wir alberten herum, rauchten ab und zu einen Joint, sprachen über unsere Träume und unsere Ängste. Nach außen hin spielte Ferhat immer den Harten, den Emotionslosen, den Gefährlichen, den Unnahbaren. Aber dort, auf den nächtlichen Heimwegen durch den Schwarzwald, war er ein anderer. Er hörte mir aufmerksam zu, wenn ich ihm über mein scheiß Leben bei Mutter in Frankfurt oder die verfluchten Gespräche der deutschnationalen Republikaner in Roberts Büro erzählte. Und er öffnete sich, sprach über Elif, in die er unsterblich verliebt war. Er kannte sie noch aus der Schule. Inzwischen arbeitete sie in einem Schuhgeschäft in Horb, an dessen Schaufenster er täglich vorbeiging, um einen Blick auf sie zu erhaschen. Rein ging er nicht. Dazu war er zu schüchtern. Und einmal erzählte er mir sogar, dass er neidisch auf mich sei. Es war Winter, war klirrend kalt, am Tag zuvor hatte es kräftig geschneit, die Sterne funkelten, das Geäst der Bäume war in zartes Weiß gehüllt. Er trat wütend gegen den aufstiebenden Schnee, ließ seine Schultern hängen, blickte ins Nirgendwo: »Ich bewundere dich, Alem. Ich würde auch gerne aufs Gymnasium gehen, um später einmal Maschinenbau zu studieren und was Anständiges aus meinem Leben zu machen. Aber dazu bin ich zu faul. Das wird nichts mehr. Scheiße, Mann. Scheiße. Ich hab's versaut. Ich bin ein kleiner dreckiger Drogendealer. Und sonst nichts. Das ist doch alles scheiße.«

Ich war überrascht, hätte nicht gedacht, dass er mein langweiliges Leben in der Schule erstrebenswert fand. Ich zündete uns eine Zigarette an: »Es ist nie zu spät. Natürlich kannst du noch Abitur machen und später studieren. Wenn du willst, helfe ich dir dabei.«

Er winkte ab: »Ach, ist schon gut. Hatte nur einen kurzen melancholischen Anfall. Scheiß drauf. Komm, lass uns nach Hause gehen.«

In jener Zeit waren Ferhat und ich nahezu unzertrennlich. Wie spielten Billard und tranken ein paar Biere im *Na und ...?*, gingen in Discos, tanzten bis spät in die Nacht hinein, knutschten auf der Tanzfläche mit wildfremden Mädchen, rauchten Dope, schauten uns im Neckarstadion Spiele des VfB an, fuhren gemeinsam zu Konzerten, sahen Metallica, die Toten Hosen, WIZO und Faith No More live in Böblingen, vertrauten uns Geheimnisse an, ließen nichts auf den anderen kommen und retteten sogar in gewisser Weise seine bildhübsche Schwester Leyla.

18

Leyla hatte sich ein Jahr zuvor unsterblich in Thomas verliebt. Ihr Vater Ali durfte nichts davon wissen. Beide arbeiteten sie als Krankenpfleger auf der gleichen Station eines Tübinger Krankenhauses. Thomas war groß, schlank, hatte blonde Haare, blaue Augen und war die Ursache dafür, dass Leyla oft erst sehr spät von der Arbeit nach Hause kam. Das hatte Ali überhaupt nicht gefallen. Er beauftragte Ferhat damit, zu überprüfen, ob sie tatsächlich immer so lange arbeitete. Wir fuhren mit dem Zug nach Tübingen, trafen die beiden in einer Kneipe und mochten Thomas, der ein anständiger Kerl zu sein schien, richtig gerne. Zurück in Rexingen berichtete Ferhat seinem Vater, dass alles in Ordnung sei. Ali war beruhigt.

Bis dahin konnte Ferhat seine Schwester decken. Doch jetzt wollten Thomas und sie heiraten, und das war ein verdammt großes Problem. Ali war noch mit den alten Sitten seines anatolischen Dorfes aufgewachsen. Dort entschied allein das Familienoberhaupt, mit wem sich die Tochter verbinden durfte. Zudem war er tief religiös und hätte niemals erlaubt, dass Leyla einen deutschen Christen heiratete. Wir brauchten einen Plan, trafen uns öfter mit Thomas und Leyla abends in Tübingen in einer Bar und beschlossen nach stundenlangem Hin und Her, dass die beiden vorerst untertauchen sollten. Sie nahmen Urlaub, fuhren mit dem Zug nach Freiburg, wo sie niemand kannte, bezogen ein Hotelzimmer und warteten auf Ferhats Anrufe. Es wurde vereinbart, dass er sie jeden Abend gegen 21 Uhr von einer Telefonzelle in Rexingen aus im Hotelzimmer anrufen sollte.

Ferhat bat mich, ihm beim Gespräch mit Ali beizustehen. Natürlich sagte ich zu. An jenem Abend erlebte ich ihn so ängstlich wie noch nie. Seine Hände waren schweißnass, er wippte beim Essen aufgeregt mit den Beinen, bekam kaum einen Happen hinunter. Als Feyza das Geschirr in die Küche brachte, offenbarte er seinem Vater alles. Ali geriet außer Rand und Band, schrie in einem Mischmasch aus Türkisch und gebrochenem Deutsch: »Mein Sohn hat mich verraten. Meine Tochter hat mich verraten. Womit habe ich nur solche Kinder verdient? Ich werde euch beide umbringen.«

Dann schmiss er sein Teeglas gegen die Wand, das in hundert kleine Teilchen zerbrach, ging zur Glasvitrine, holte das alte Jagdgewehr seines Vaters heraus, richtete den Lauf auf ein Fenster, blickte in die Ferne: »Ich werde sie und ihren scheiß Deutschen umbringen. Ich werde sie umbringen.«

Ferhat gab mir mit den Augen ein Zeichen, dann rannten wir beide so schnell wie nur möglich aus dem Zimmer, schnappten uns unsere Schuhe an der Eingangstür und hörten noch unten auf der Straße, während wir auf Socken um die Ecke sprinteten, wie Ali seine Tochter und auch Ferhat wutentbrannt verfluchte.

An diesem Abend schlief Ferhat bei mir. Ich schmuggelte ihn durch das Fenster in mein Zimmer. Wir rauchten einen Joint, hörten Musik, schauten bis spät in die Nacht fern und schliefen schließlich mit unseren Klamotten in meinem Bett ein. Am nächsten Morgen kletterte Ferhat aus dem Fenster. Ich winkte ihm zum Abschied, wünschte ihm noch viel Glück. Wäre ein Passant vorbeigekommen, hätte er uns für ein Liebespaar halten können. Was wohl Marianne und Robert gesagt hätten, wenn sie mich in dieser Nacht mit einem langhaarigen Türken im Bett erwischt hätten? Aber wer weiß, vielleicht hätten sie auch Verständnis gehabt. Na ja, Robert nicht, aber Marianne hatte sich schon immer für die Rechte von Frauen eingesetzt und ja auch Pflegekinder von alleinstehenden türkischen Frauen aufgenommen. Möglicherweise hätte sie sogar versucht, Leyla und uns zu helfen? Aber der türkische Mann in meinem Bett hätte sie natürlich vollkommen entsetzt. Und an Mutter darf ich gar nicht denken. Wahrscheinlich wäre sie auf der Stelle mit einem Herzinfarkt tot umgefallen.

An nächsten Abend traf ich Ferhat am Dorfbrunnen.

»Mann, wie ist es gelaufen?«

»Ach, am Anfang setzte es ein paar Ohrfeigen und er hat mich als Lügner, Mistkerl und weiß der Teufel noch was beschimpft. Dann hat er mir Prügel angedroht, falls ich ihm nicht verraten würde, wo sich Leyla versteckt. Es hagelte noch ein paar Ohrfeigen. Aber ich bin standhaft geblieben. Er hat kein Wort aus mir herausbekommen. Danach hat er nur noch wie ein Geistesgestörter in den Fernseher gestarrt.«

»Scheiße, Mann, das tut mir leid.«

»Ist schon o. k. Ich hatte es mir schlimmer vorgestellt. Und das mit Leyla biege ich auch noch hin. Mein Vater ist kein schlechter Mensch. Er wird schon noch nachgeben. Außerdem liebt er Leyla mehr alles andere auf der Welt. Komm, lass uns nach Horb trampen und im *Na und …?* ein paar Biere kippen.«

In den darauffolgenden Tagen führten wir ein Gespräch nach dem anderen mit seinem Vater. Ali bestand darauf, dass Leyla einen Türken aus gutem Hause heiraten solle. Er hatte auch schon ein paar Kandidaten parat. Der Kenan, der in einem Autohaus in Calw arbeitete, oder der Burak, der in Freudenstadt einen Gemüseladen führte, seien doch perfekt. Weshalb, fragte er aufbrausend, kämen denn diese Männer nicht infrage? Von der Liebe wollte er nichts hören. Die Liebe, meinte er, komme automatisch mit den Jahren. Außerdem sehe man ja bei den Deutschen, dass dieses moderne Hirngespinst der freien Liebe am Ende nur zu Hass und Scheidung führen würde. Das wolle er seiner Tochter ersparen. Außerdem sei sie doch noch viel zu jung, um das alles zu begreifen. Und überhaupt würden die Türken und die Deutschen, die ganz andere Werte und Glaubensbekenntnisse vertraten, nicht zueinanderpassen. Ferhat und ich und inzwischen sogar manchmal auch Ferhats Mutter Feyza, die neuerdings im Wohnzimmer mitdiskutierte und sich überraschenderweise auf unsere Seite geschlagen hatte, redeten unermüdlich auf ihn ein. Wir versuchten ihm zu erklären, dass die Liebe sehr wohl wichtig sei, Thomas es ernst mit Leyla meine, gut für sie sorgen würde, Leyla ihre Herkunft nie verleugnen würde und er doch auch wolle, dass seine Tochter glücklich werde.

Ali war gekränkt, war ein harter Brocken, ließ sich nur schwer überzeugen. Aber er begriff, dass sein Widerstand nur Unglück über die Familie bringen würde. Er wurde zusehends nachgiebiger, telefonierte mit Thomas' Eltern, vermisste seine geliebte kleine Tochter schmerzhaft und verkündete nach zehn Tagen, dass er eine Entscheidung getroffen habe. Noch vor dem Abendessen erhob er sich, schaute aus dem Fenster, sprach mit dem Rücken zu uns: »Na gut, wenn ihr meint, dass dieser Thomas der richtige Mann für Leyla ist, dann soll es so sein. Ich habe immer noch meine

Bedenken, stimme aber dem Herzen meiner Tochter und der Hochzeit zu.«

Als Ferhat Leyla und Thomas an diesem Abend wieder von der Telefonzelle aus anrief und ihnen Alis endgültige Entscheidung mitteilte, meinte ich die Jubelschreie am anderen Ende der Leitung durch die dicken Scheiben hindurch draußen hören zu können. Am nächsten Tag kam Leyla nach Rexingen zurück. Überglücklich fiel sie ihrem Vater in die Arme. Ali drückte seine Tochter an die Brust und wischte sich so unauffällig wie nur möglich ein paar Tränen aus den Augenwinkeln.

19

Ein paar Monate später heiratete Leyla ihren Thomas. Es gab eine standesamtliche Trauung. Das Hochzeitsfest war pompös. Ali hatte in Horb einen riesigen Festsaal gemietet. Es kamen über hundert Gäste, eine Band spielte türkische Tanzmusik, das Buffet war gigantisch und Leyla sah in ihrem weißen Brautkleid einfach nur wie eine der bezauberndsten Frauen der Welt aus. Irgendwann verschwanden Ferhat und ich nach draußen, um einen Joint zu rauchen. Ferhat nahm ein paar Züge, gab mir die Tüte, lächelte versonnen: »Hast du gesehen, wie ihre Augen vor Glück gestrahlt haben? Das haben wir gut gemacht, mein Freund. Das haben wir richtig gut gemacht. Heute Nacht tanzen und feiern wir bis zum Umfallen.«

Kurz nach diesem Abend ging es jedoch rasant bergab mit unserer Freundschaft. Ferhat traf sich jetzt immer häufiger mit Hakan, einem alten Kumpel aus Schulzeiten, der groß ins Drogengeschäft eingestiegen war. Ich kannte Hakan aus dem *Na und …?*, hatte ihn dort ab und zu getroffen. Hakan ging jeden Tag ins Fitnessstudio, war muskulös, breitschultrig, gewitzt, aber zugleich auch hitzköpfig und unberechenbar. Einmal hatte ihn ein Deutschrusse, der eineinhalb Köpfe größer war als er, im *Na und …?* versehentlich am Billardtisch angerempelt. Sein Queue verrutschte, die Kugel ging daneben. Hakan schubste ihn: »Hast du verfickter Russe ein Problem mit mir?« Sie gingen vor die Tür, es kam zum Kampf. Hakan verprügelte den Russen nach Strich und Faden. Der Typ lag blutverschmiert auf dem Boden, Hakan versetzte ihm einen abschließenden Fußtritt in den Bauch, spuckte auf ihn und spielte danach, ganz so, als ob nichts geschehen sei, in aller Ruhe weiter Billard.

Hakan hatte sich einen nagelneuen BMW zugelegt. Und auch an Ferhat waren die Veränderungen unübersehbar. Obwohl er nicht religiös war, ließ er neuerdings ständig die Perlen einer Gebetskette durch seine linke Hand gleiten. Er hatte sich eine sündhaft teure Uhr gekauft, trug schwarze Lackלederschuhe und dunkle Anzüge von Hugo Boss mit aufgeknöpften weißen Hemden. Mit seinen langen Haaren sah er jetzt wie ein schmieriger Zuhälter aus. Nahezu jeden Abend fuhren die beiden zugekokst in die angesagtesten Clubs und Bordelle von Stuttgart. Manchmal nahmen sie mich mit zu einem Club. In die Bordelle wollte ich nicht. Wir rasten zu hämmernden Hip-Hop-Beats über die Autobahn, tranken Champagner, waren umgeben von den hübschesten Frauen, mit denen sie gemeinsam auf der Toilette ein paar Lines zogen. Geld spielte keine Rolle. Obwohl ich Hakan nicht leiden konnte, war ich anfangs noch fasziniert. Es war aufregend, war eine neue Welt, aber richtig wohl fühlte ich mich dabei nicht.

Eines Abends fuhren wir mal wieder in einen Club nach Stuttgart. Die beiden koksten ohne Ende und sprachen über einen geheimnisvollen Deal, den sie in zwei Tagen in Mannheim abschließen wollten. Um drei Uhr morgens fuhren wir zurück. Sie waren nervös, waren aggressiv und aufgekratzt, hatten sich im Club auch noch andere Drogen eingeworfen. Ich hatte nur ein paar Biere getrunken und einen Joint geraucht, war aber auch nicht mehr ganz klar im Kopf. Kurz vor

Horb sagte Hakan zu Ferhat: »Wollen wir Alem den Paradiesweg zeigen?«

Ferhat nickte, drehte die Anlage voll auf und schrie: »Auf zum verfickten Paradiesweg.«

Plötzlich bog Hakan in einen schmalen Waldweg ein. Er beschleunigte das Auto. Die Musik hämmerte in meinen Ohren. Ich sah, wie sich der Zeiger des leuchtenden Autotachometers immer weiter nach rechts neigte: 80, 100, 120, 140. Im Scheinwerferlicht rasten wir den schmalen Waldweg entlang. Links und rechts Bäume und manchmal Äste, die an die Fensterscheiben peitschten. Hakan und Ferhat schrien wie die Irren. Wir wären beinahe aus einer Kurve geflogen. Der Tacho zeigte immer noch 140. Ein Fuchs oder ein Reh oder auch nur ein abgebrochener dicker Ast hätten genügt, um uns vom Waldweg zu schleudern. Und was wäre passiert, wenn wir einen Nachtspaziergänger erwischt hätten? Die Gedanken rasten mir durch den Kopf. Krampfhaft hielt ich mich am Deckengriff fest, konnte nichts sagen, war starr vor Angst. Auf einmal befanden wir uns wieder auf einer normalen Straße. Hakan setzte uns beim Brunnen ab. Ferhat umarmte mich: »Mann, Alem, das war geil.«

Ich nickte, lief wie benommen nach Hause, legte mich ins Bett. Mein Herz pochte wild. Kurze Zeit später klingelte mein Wecker. Ich duschte. Robert saß wie immer schon am Frühstückstisch und las die *Frankfurter Allgemeine Zeitung*. Im Radio lief deutscher Schlager. Ich belegte mir geistesabwesend ein Brötchen. Robert blickte über die Zeitung: »Alles gut, mein Junge? Du siehst so blass aus.«

»Alles gut. Mach dir keine Sorgen. Habe nur etwas unruhig geschlafen.«

Robert las die Zeitung weiter. In diesem Augenblick liebte ich ihn sehr. Er verkörperte eine Geborgenheit, die sich Lichtjahre von mir entfernt zu befinden schien. Was war nur los mit mir? Weshalb zum Teufel riskierte ich alles? Ich wollte doch studieren, wollte noch so viel erleben. Außerdem kannte ich diese ganze Drogen- und Milieuscheiße von Svetozar in Frankfurt, wusste doch ganz genau, wohin das alles führen musste.

Etwas später, als ich mit dem Zug von Horb nach Böblingen zur Schule fuhr, schwor ich mir, nie mehr mit Hakan und Ferhat um die Häuser zu ziehen.

Ich blieb meinem Schwur treu, traf Ferhat nur noch einmal zu seinem Geburtstag im *Na und …?*. Er hatte mich eingeladen. Ich schenkte ihm ein Buch über die Grundlagen des Maschinenbaus. Als er es auspackte, war er gerührt. Wir spielten Darts und Billard, tranken, rauchten, hörten uns in der Jukebox unsere Lieder an. Alles war fast wie früher. Doch dann kam Hakan. Die beiden wollten noch nach Stuttgart in einen Club. Ferhat fragte mich, ob ich mitkommen wolle. Ich lehnte ab. Während wir uns zum Abschied lange umarmten, flüsterte er mir noch etwas ins Ohr: »Ich verstehe dich. Danke für alles. Mach es gut, mein Freund.«

Dann verschwand er. Das Buch hatte er auf der Theke vergessen.

Ein paar Monate später traf ich Kostas, einen alten Schulkameraden von Ferhat, den ich aus dem *Na und …?* kannte, zufällig am Bahnhof.

»Mann, hast du gehört, was mit Hakan und Ferhat passiert ist?«

»Nein.«

»Die Polizei hat sie bei einem Drogendeal erwischt. Ferhat hat zwei, Hakan drei Jahre Knast bekommen. Scheiße, Mann.«

»Ja, scheiße Mann. In welchem Gefängnis sitzt Ferhat?«

»Keine Ahnung.«

»Scheiße.«

»Ja, Scheiße.«

Er saß in der JVA Stuttgart ein. Ich besorgte mir von Leyla die Telefonnummer, rief ihn an. Er war abweisend, behauptete, dass er alles im Griff habe, spielte mal wieder den Harten, den Emotionslosen, wollte nicht, dass ich ihn im Knast besuchte. Ich versuchte ihm nahezukommen, aber er machte mir unmissverständlich klar, dass sich unsere Lebenswege endgültig getrennt hatten. Das war unser letzter Kontakt. Danach habe ich Ferhat nie wiedergesehen.

20

Ferhat fehlte mir, hinterließ eine klaffende Lücke, die sobald niemand würde schließen können. Es war das Jahr 1992, ich war achtzehn, im Radio lief die ganze Zeit das saudumme »It's My Life« von Dr. Alban und in Rostock-Lichtenhagen griffen Hunderte Rechtsradikale über mehrere Tage hinweg Asylunterkünfte an, grölten »Deutschland den Deutschen, Ausländer raus!« und »Sieg, Heil«. Tausende Bürger in Jogginghosen und mit Vokuhila-Frisuren standen daneben, gafften, applaudierten, waren ganz offensichtlich mit den pogromartigen Übergriffen einverstanden. Ich war angewidert, wütend, fühlte mich hilflos.

Und auch der Bürgerkrieg im ehemaligen Jugoslawien setzte mir zu. Opa und Oma waren noch vor dem Ausbruch der ersten Kämpfe kurz hintereinander an Altersschwäche gestorben. Trotz des schmerzhaften Verlustes, den ich empfand, war ich zugleich erleichtert, denn so blieb ihnen wenigstens die Vertreibung und all das sinnlose Morden erspart. Die Serben hatten in unserem Gebiet weite Teile erobert und eine eigene Republik gegründet. Für die Kroaten gab es dort keinen Platz mehr. Meine Tante Lucia musste mit ihrem Mann Jozo und ihren fünf Kindern Ivica, Vedrana, Damir, Boris und Božena nach Zagreb fliehen. Ein paar Monate später hörten wir von einem ehemaligen Nachbarn, dass unser altes wackliges Bauernhaus, das Opa vor vielen Jahrzehnten in Maovice mit seinen eigenen Händen erbaut hatte, von den Serben geplündert und in Brand gesetzt worden war. Das Haus, in dem meine Mutter geboren und aufgewachsen war, gab es nicht mehr.

Die Geschichten aus dem Krieg nahmen kein Ende: Mutter erzählte mir am Telefon, dass Ante, ein kroatischer Junge, mit dem ich in den Sommerferien immer Fußball und Basketball gespielt hatte, während eines Feuergefechts gefallen sei, und im Fernsehen sah ich, wie bosnisch-serbische Truppen – unter der Präsidentschaft von Radovan Karadžić, der militärischen Führung von Ratko Mladić und der logistischen sowie politischen Unterstützung von Slobodan Milošević in Belgrad – monatelang Sarajevo belagerten und von den Hügeln mit schwerer Artillerie beschossen. An einem Tag Ende Mai nahmen sie gezielt einen belebten Marktplatz im Zentrum der Stadt ins Visier. Die abgefeuerten Granaten schlugen in der Nähe einer Ausgabestelle ein, an der Frauen, Männer und Kinder für Brot angestanden hatten. Dutzende zerfetzte Leichen lagen blutüberströmt auf dem Asphalt. Die Verwundeten wurden schreiend auf die Rückbänke parkender Autos getragen, um sie so rasch wie nur möglich in die völlig überlasteten Notaufnahmen der Krankenhäuser zu fahren. Ich konnte nicht begreifen, weshalb die Internationale Gemeinschaft nichts gegen diesen barbarischen Völkermord unternahm. Aber alles war ja angeblich so kompliziert und überhaupt feierte man nach dem Zusammenbruch des Warschauer Paktes in den westlichen Hauptstädten viel lieber das Ende der Geschichte. Aber die Geschichte war nicht zu Ende. Slobodan Milošević und die Serben wollten sie gar auslöschen, indem sie militärisch ein Großserbien zu errichten versuchten, in dessen Grenzen es durch ethnische Vertreibungen keine Kroaten und muslimische Bosniaken mehr geben würde. Und auch für meine deutschen Klassenkameraden im Gymnasium war dieser Krieg, obwohl es um handfeste Machtinteressen ging, nur eine bedauerliche Randnotiz, die sich irgendwo auf dem wilden Balkan zwischen unzivilisierten Völkern abspielte. Ich hasste sie für ihre ahnungslose Überheblichkeit.

Abgesehen von den grausamen Bildern schob sich der Krieg auch ganz real in mein Leben hinein. Schon Jahre zuvor, als noch niemand mit einem Krieg rechnete, wollte ich Deutscher werden. Ich fühlte mich hier heimisch und konnte mir ganz und gar nicht vorstellen, die Wehrpflicht in der Jugoslawischen Volksarmee, in einem mir nahezu unbekannten kommunistischen Land abzuleisten. Der Wehrdienst dauerte achtzehn Monate, ein Recht auf Kriegsdienstverweigerung gab es nicht. Um die deutsche Staatsbürgerschaft zu beantragen, brauchte ich als Minderjähriger jedoch die Einverständniserklärung meiner leiblichen Eltern. Mutter hätte mich gelassen, aber Dušan drehte mal wieder durch. Er schrie mich an: »Du bist ein Jugoslawe und solltest stolz darauf sein. Du bist kein Deutscher. Was willst du bei diesen Nazis? Du bist ein Jugo. Merk dir das ein für alle Mal. Ein Jugo.«

Das stimmte so nicht. Ich hatte noch nie in Jugoslawien gelebt und sprach nur schlecht Serbokroatisch. Wann hätte ich die Sprache auch lernen sollen? Ich war ja immer nur für ein paar Wochen bei ihnen in Frankfurt, hatte die meiste Zeit des Jahres in der Schule und bei meiner Pflegefamilie nur Deutsch gesprochen. Gegen eine doppelte Staatsbürgerschaft hätte ich, weil ich mich durch Mutter und meine leiblichen Verwandten in Maovice auch als Jugoslawe empfand, nichts einzuwenden gehabt. Nach hiesigem Recht ging das jedoch nicht. Ich musste mich entscheiden und wählte das

Land, das mir sprachlich und kulturell einfach viel näherstand. Obwohl Dušan, da er weder mein Vater noch mit Mutter verheiratet war, überhaupt keine rechtlichen Befugnisse besaß, schaute Mutter mal wieder weg, knickte ein, ließ sich einmal mehr alles gefallen und verweigerte mir schlussendlich die Unterschrift. Ich war sauer und dachte: »Na gut, ihr Arschlöcher. Dann warte ich eben noch ein paar Jahre. Mit achtzehn könnt ihr mir gar nichts mehr sagen.«

21

So einfach, wie ich es mir vorgestellt hatte, war es dann aber nicht. Ein paar Wochen nach meiner Volljährigkeit stellte ich den Antrag auf Einbürgerung bei der zuständigen Ausländerbehörde in Freudenstadt. Im Antwortschreiben hieß es, dass ich durchaus dazu berechtigt sei, die deutsche Staatsbürgerschaft anzunehmen. Allerdings bräuchte ich dafür zunächst die Einbürgerungszusicherung der Bundesrepublik Deutschland und dann eine Entlassungsurkunde aus meinem ursprünglichen Herkunftsland. Und damit fingen meine Probleme an. Um die Einbürgerungszusicherung der Bundesrepublik Deutschland zu bekommen, wurde ich zu einem Gespräch auf das Landratsamt in Freudenstadt vorgeladen. Es war ein ziemlich hässlicher Neubau aus den Siebzigerjahren. Das Zimmer befand sich am hinteren Ende eines langen, dunklen Korridors. Meine Sachbearbeiterin hieß Frau Eberle. Sie war Mitte fünfzig, etwas mollig, trug Rock und Bluse, hatte rot lackierte Fingernägel, blond gelockte Haare und sprach Schwäbisch. Auf der Fensterbank standen ein Gummi-Bonsai und ein gerahmtes Bild, auf dem ihr Mann und ihre drei Kinder in einem sommerlichen Garten zu sehen waren. Auf dem Schreibtisch, hinter dem sie auf einem metallenen schwarzen Bürostuhl saß, stapelten sich die Unterlagen. Sie zog ihre Brille auf, kramte aus dem Stapel eine Akte hervor, überflog meinen Antrag.

»Na guad Junge, warum willscht Du Deidschr werda?«

Was für eine saudumme Frage. Am liebsten hätte ich geantwortet: Na wegen Hitler, den verdammten Nazis in Rostock-Lichtenhagen, der Schwarzwaldklinik und der ZDF-Hitparade mit Dieter Thomas Heck. Das sagte ich natürlich nicht.

»Das habe ich Ihnen alles bereits geschrieben. Ich bin in Würzburg geboren, bei einer deutschen Familie aufgewachsen, hier zur Schule gegangen. Deutschland ist für mich ganz einfach meine Heimat.«

Sie lächelte, schien zufrieden zu sein. Dann holte sie aus einem Aktenordner ein Blatt Papier heraus: »So, jedzd macha mir einen Deschd.«

»Was für einen Test denn?«

»Na, halt einen Deutschdeschd.«

»Aber ich sitze doch hier, habe Ihnen meinen Realschulabschluss eingereicht, befinde mich im letzten Schuljahr des Gymnasiums und spreche perfekt Deutsch mit Ihnen.«

»Des isch egal. Vorschrifd bleibd Vorschrifd. Und wir machet jetzt diesen Deschd.«

Sie diktierte. Ich schrieb. Sie nahm den Zettel an sich, rückte die Brille zurecht, las aufmerksam.

»Des isch ja wirklich erschdaunlich. Null Fehlr ond des als Ausländr. Also mai Söhne, der Schdefan ond der Andi, die hädn bschdimmd mehr Fehlr gehabd. Großardich, Herr Grabovac, großardich.«

Ich fühlte mich gedemütigt, war wütend, sprach doch hundertmal besser Hochdeutsch als sie. Wann würde das jemals aufhören? Schon in der Grundschule hatte ich, obwohl meine Noten recht passabel waren, nur eine Empfehlung für die Hauptschule bekommen. Marianne ging zur Schulleitung, beschwerte sich, und plötzlich durfte ich auf die Realschule. Und auch dort traute mir niemand den Sprung aufs

Gymnasium zu und jetzt stand ich kurz vor meinem Abitur, würde danach studieren und wurde dennoch auf diesem Amt immer noch wie ein Scheißausländer behandelt. Ich schluckte meinen Ärger hinunter.

»Ja, wunderbar, dass ich null Fehler in diesem Test gemacht habe.«

Frau Eberle nickte selbstgefällig, legte das Diktat zu den anderen Schriftstücken, schloss meine Akte.

»Älles guad, Herr Grabovac. Se sind ned vorbeschdrafd, oi guddr Schülr, bherrsche deidsch. Jedzd überbrüfa mir nur no die Einkommensverhäldnisse Ihrr Muadr ond die Wohnsiduazion bei Ihrr deidsche Bfelegefamilie ond noh bkomma Sie vo mir die Einbürgerungszusicherung der Bundesrebublik Deidschland.«

Marianne und Robert waren empört darüber, dass mich das Landratsamt, obwohl ich in ein deutsches Gymnasium ging, dazu gezwungen hatte, einen Test in Deutsch abzulegen. Marianne zündete sich eine ihrer langen M&M-Zigaretten an, fuhr sich im Polstersessel sitzend mit der linken Hand durch ihre blond gelockten Haare und blies verärgert den Rauch in die Luft.

»Das ist ja wohl eine Unverschämtheit. Die haben doch nicht mehr alle Tassen im Schrank. Ich werde Beschwerde einlegen. So darf man dich nicht behandeln. Und jetzt wollen sie auch noch unsere Wohnsituation überprüfen. Eines sage ich dir, keinen Fußbreit lasse ich die in mein Haus hinein. Wo kommen wir denn da hin. Den Staat geht es überhaupt nichts an, wie wir leben. Wir sind doch keine Verbrecher, deren Haus man einfach so durchsuchen kann. Das geht zu weit, Alem.«

Ich musste schmunzeln. Die beiden hatten nicht den blassesten Schimmer davon, was wir Ausländer uns in ihrem ach so korrekten und anständigen Deutschland alles gefallen lassen mussten. Von der Polizei wurden wir öfter als die Einheimischen kontrolliert, in der Schule als »Kanacken« beschimpft und bei der Arbeits- und Wohnungssuche hatten wir auch nicht gerade die besten Karten. Und dann gab es da noch die ganzen Geschichten von Mutter: In der Fabrik wurde sie einmal von ihrem deutschen Vorarbeiter, weil sie einen kleinen Fehler gemacht hatte, minutenlang in Grund und Boden geschrien; an der Kasse eines Supermarktes, weil sie das Wechselgeld überprüfte, von der Verkäuferin als »Drecksausländerin« beschimpft; von gutbürgerlichen Hausfrauen, während sie nach ihrer Schicht in der Fabrik am Nachmittag deren schicke Altbauwohnungen putzte, schnippisch und hochmütig als nicht ganz so reinlich wie »Wir Deutschen« bezeichnet, weil sie angeblich ein paar Staubkörner übersehen hatte; und auf dem Bürgeramt, als sie einige Fragen auf dem Antragsformular für das ihr zustehende Kindergeld nicht verstand, von der Sachbearbeiterin süffisant und kaltherzig ohne gültigen Antrag wieder nach Hause geschickt. All diese Geschichten steckten in mir drin, taten mir weh, waren ein Teil meiner Identität.

Marianne redete sich immer noch in Rage, hatte einen Stift und ein Blatt Papier geholt, formulierte mittlerweile einen Beschwerdebrief.

»Lass gut sein, Marianne. Ich will keinen Ärger bekommen. Wenn wir das machen, dauert alles nur noch viel länger. Und wer weiß, vielleicht legen sie uns dann noch mehr Steine in den Weg.«

»Junge, man muss für seine Rechte einstehen.«

»Ja, das stimmt. Aber manchmal muss man auch einfach nur clever sein. Lass es. Für mich.«

Sie legte den Stift zur Seite, atmete durch, lächelte mich an: »Na gut. Hast ja recht. Der Klügere gibt nach. Dann sollen sie eben kommen und unser Haus inspizieren. Zu verbergen haben wir ja Gott sei Dank nichts.«

Ein paar Wochen später kam eine Dame vom Amt. Sie ließ sich jedes Zimmer zeigen, öffnete im Bad sogar den Toilettendeckel, um zu überprüfen, ob drinnen auch alles sauber war. Marianne schnaubte vor Wut, blieb mir zuliebe aber höflich. Wir bestanden die Inspektion mit Bravour. Zwei Monate später lag die Einbürgerungszusicherung der Bundesrepublik Deutschland in unserem Briefkasten. Frau Eberle wies mich jedoch im Begleitschreiben nochmals ausführlich darauf hin, dass ich ohne die Entlassungsurkunde aus meinem ursprünglichen Herkunftsland, die ich nunmehr besorgen musste, kein deutscher Staatsbürger werden konnte.

22

Mein ursprüngliches Herkunftsland war Deutschland. Bedauerlicherweise interessierte das jedoch niemanden. Offiziell galt ich als Bürger der Sozialistisch Föderativen Republik Jugoslawien. Auf meinem roten Pass waren sechs brennende Fackeln abgebildet. Sie symbolisierten die Teilrepubliken Slowenien, Kroatien, Bosnien und Herzegowina, Mazedonien, Montenegro und Serbien. Zusammen bildeten sie ein loderndes Feuer, das für Gesamt-Jugoslawien stand. Ganz oben, über dem Feuer, thronte der sozialistische Stern. Unten stand der Name Jugoslawien in lateinischen und kyrillischen Buchstaben. Alle vier Jahre musste ich den Pass auf dem Generalkonsulat in Frankfurt erneuern lassen. Die Gebühren waren heftig, das Land brauchte Devisen. Das Konsulat lag unweit des Zoos, nur ein paar Gehminuten von unserer damaligen Wohnung in der Hanauer Landstraße entfernt. Mutter hämmerte mir jedes Mal ein, dass ich im Konsulat nur ja nicht über Tito oder politische Themen sprechen sollte. Überall seien Wanzen angebracht, mit denen man uns abhören könne. Im Wartesaal herrschte ein Klima der Angst und Einschüchterung. Jugoslawien war ein autoritär geführtes Land, in dem jede noch so geringste Kritik an der Staatsführung zu erheblichen Konsequenzen führen konnte. Mutter war immer nervös, wenn wir dort hingingen. Ich fand es eher spannend, fühlte mich wie in einem James-Bond-Film, in dem einen die Bösewichte hinter dunklen Wänden heimtückisch belauschten.

Ich fuhr nach Frankfurt, ging zum Konsulat. Diesmal war es kein Spaß. Ich war fahrig, angespannt, wusste nicht, wie sie auf mein Anliegen, aus dem Staat entlassen zu werden, reagieren würden. Die Slowenen und Kroaten hatten inzwischen ihre Unabhängigkeit erklärt, in Bosnien herrschte Krieg. Mutter war Kroatin, hatte aber immer noch einen jugoslawischen Pass. Mein Vater Emir, von dem ich zu jener Zeit noch annahm, dass er gestorben sei, war Bosnier. Die Lage war also äußerst undurchsichtig. Ich betrat das Konsulat mit einem mulmigen Gefühl. Der Wartesaal hatte sich kaum verändert, nur das Porträt von Josip Broz Tito in seiner eleganten weißen Uniform, das ich als Kind bewundert hatte, hing nicht mehr an der Wand. Ich wippte mit den Füßen auf dem knarzenden Holzstuhl, hatte schweißnasse Hände. Nach zwei Stunden wurde ich endlich aufgerufen.

Der Konsul trug einen schwarzen Anzug, war einen Kopf größer als ich, hatte riesige Hände und eine angenehm tiefe Stimme. Nachdem ich Platz genommen und ihm meinen Pass ausgehändigt hatte, fragte er mich höflich, wie er mir helfen könne. Ich sprach ohne Punkt und Komma, schilderte ihm mein Leben. Seine Miene verfinsterte sich zusehends. Plötzlich hob er die Hand: »Genug, Herr Grabovac. Sie wollen also die jugoslawische Staatsbürgerschaft abgeben, um Deutscher zu werden. Ich kann Ihnen dabei nicht helfen.«

»Weshalb nicht?«

Er blätterte gelangweilt in meinem Pass herum, der in seinen riesigen Händen wie ein kleines Spielzeugdokument aussah, schlug eine Seite auf, zeigte mit dem Mittelfinger auf eine Stelle, die aus einer Reihe von Buchstaben und Zahlen bestand.

»In Ihrer Passnummer steht das Zeichen BH. Das bedeutet, dass sie ein bosnisch-herzegowinischer Jugoslawe sind. Sie müssen die Entlassungsurkunde in der Geburtsstadt ihres Vaters, in Mostar, beantragen.«

»Das wird nicht klappen. In Bosnien herrscht Krieg. Die werden meinen Antrag niemals bearbeiten.«

Er knallte plötzlich seine große Faust auf den Schreibtisch. Ich zuckte zusammen.

»Und wessen Schuld ist das? Wollten wir Serben jemals Jugoslawien verlassen? Wer hat denn unser Land verraten? Wer, frage ich Sie.«

Ich schwieg. Der Schreck war mir in die Knochen gefahren. Verunsichert klammerte ich mich mit beiden Händen an die Armlehnen.

»Und was mache ich jetzt?«

Er zuckte mit den Schultern, schaute mich herablassend an.

»Keine Ahnung, gehen Sie zu den verfickten Kroaten oder verfickten Bosniaken, um ein verfickter Deutscher zu werden. Ich bin jedenfalls nicht für Sie zuständig.«

Ich blickte ihn mit offenem Mund an. Er schmiss mir meinen Pass lässig über den Schreibtisch zu.

»Weshalb sitzen Sie hier immer noch wie ein dummer Esel herum. Verlassen Sie bitte unverzüglich das Konsulat.«

Als ich draußen auf dem Gehweg stand, wurde mir ein wenig schwindelig. Ich setzte mich auf eine Bank, atmete durch, versuchte mich langsam wieder zu sammeln.

23

Ich fuhr zurück nach Rexingen, ging ein paar Wochen später zum kroatischen Konsulat in Stuttgart. Als ich den Eingangsbereich betrat, musste ich würgen, hätte mich fast übergeben. Ich hatte Angst. Was würde diesmal passieren? Der Wartesaal roch nach frischer Wandfarbe, das Gebäude hatten sie erst vor ein paar Wochen bezogen. Nach zwei Stunden, die sich unendlich zu strecken schienen, wurde endlich mein Name aufgerufen.

Der Konsul war ein schmächtiger Mann mit spitzer Nase und schmalen Lippen. Der viel zu weite beige Anzug, in dem seine Bewegungen etwas unbeholfen wirkten, schlackerte ihm um den Körper herum. Auf seinem Schreibtisch stand ein kleines kroatisches Fähnchen mit dem rot-weißen Schachbrettmuster in der Mitte und an der Wand, etwas erhöht über seinem Stuhl, hing ein Bild von Franjo Tuđman, dem ersten Staatspräsidenten der neu gegründeten Republik Kroatien, der sich so wie einst Tito in Uniform als Vater der Nation zu inszenieren versuchte. Der Konsul lehnte sich in seinem Schreibtischstuhl zurück, ließ die Arme herunterbaumeln.

»Womit kann ich Ihnen dienen, Herr Grabovac?«

Ich schilderte ihm meinen Fall. Er hörte mir aufmerksam zu, nickte, schien Verständnis zu zeigen. Als ich alles dargelegt hatte, blickte ich ihn hoffnungsvoll an. Der Konsul tippte mit seinen Fingern auf die Schreibtischplatte.

»Kein Problem, Herr Grabovac, ich kann Ihnen helfen.«

Ich atmete erleichtert auf.

»Sie können sich gar nicht vorstellen, wie froh ich bin, das von Ihnen zu hören.«

Er machte mit seiner Hand eine abwartende Geste, tippte dann mit einem Kugelschreiber auf die Tischplatte.

»Sie bekommen von mir die vorläufige Zusage zur Entlassung aus der Staatsbürgerschaft unter einer Bedingung. Sie werden Kroate, leisten die Wehrpflicht in unserer Armee ab und danach entlasse ich Sie aus der Staatsbürgerschaft.«

Ich war geschockt. Hatte er mir gerade tatsächlich vorgeschlagen, in die kroatische Armee einzutreten? Wenn die Befehlshaber oder Einsatzleiter vom Konsulat die Information bekämen, dass ich nur bei ihnen war, um danach kein Kroate mehr zu sein, würden sie mich an die Front schicken und den Hunden zum Fraß vorwerfen.

»Das haben Sie jetzt nicht wirklich ernst gemeint?«

Er antwortete in einem fröhlichen Singsang.

»Doch, doch, Herr Grabovac, erst die Armee und dann die Entlassung.«

»Gibt es denn keine andere Möglichkeit?«

»Nein, aber Sie müssen sich ja nicht sofort entscheiden. Schlafen Sie darüber.«

Meine Schultern sackten zusammen. Der Konsul begleitete mich beschwingt zur Tür, verabschiedete sich mit einem fiesen Lächeln.

24

Als ich ein paar Wochen später zum bosnisch-herzegowinischen Konsulat in Stuttgart fuhr, fühlte ich mich zermürbt. Seit meiner Antragstellung im Januar war etwas mehr als ein Dreivierteljahr vergangen. Ohne allzu große Hoffnung öffnete ich das Tor zum Botschaftsgelände in der Olgastraße. Ein eiskalter Wind pfiff durch den dunklen Hinterhof, in dem die Menschen zwischen Mülltonnen und Fahrradständern in einer ewig langen Schlange darauf warteten, in das kleine provisorische Konsulat im Hochparterre vorgelassen zu werden. Ich reihte mich ein, sah Männer ohne Arme oder Beine, blickte in sinnentleerte, traumatisierte Augen. Die Kinder weinten, die Mütter versuchten sie zu trösten. Nach sechs Stunden Wartezeit betrat ich völlig verstört und durchgefroren das Büro des Konsuls.

Ohne meine Jacke auszuziehen, setzte ich mich. Der Konsul war ein äußerst übergewichtiger älterer Herr mit melancholisch dunklen Augen. Er trug einen abgewetzten braunen Anzug, der seinen inneren Zustand der totalen Erschöpfung nach außen zu kehren schien. Das Zimmer war karg und freudlos. Ich legte ihm meinen Pass vor, erzählte ihm meine Geschichte. Er hörte mir kaum zu, war mit seinen Gedanken woanders, hatte sich wahrscheinlich den ganzen Tag schreckliche Dinge über den Krieg anhören müssen, die nunmehr durch seinen imposanten dicken Schädel schwirrten. Ich war verzweifelt.

»Hören Sie, es tut mir leid, dass ich Sie mit so einer Banalität belästigen muss. Ihr Land und Ihre Menschen befinden sich im Krieg. Aber nachdem mich die Jugoslawen und Kroaten abgewiesen haben, sind Sie meine letzte Hoffnung. Es ist absurd, denn ich war noch nie in Bosnien und habe, außer mit meinem längst verstorbenen Vater Emir, den ich nie kennengelernt habe, nichts mit Bosnien zu tun. Dennoch bitte ich Sie, mich aus Ihrer Staatsbürgerschaft zu entlassen.«

»Beruhigen Sie sich, Herr Grabovac, beruhigen Sie sich. Alles ist gut. Ich kann Ihr Anliegen nachvollziehen.«

Schwerfällig richtete er sich im Sessel auf, stützte sich mit seinen Armen auf dem Schreibtisch ab, beugte sich vor.

»Hören Sie zu, die Sache wird folgendermaßen ablaufen. Ich schreibe Ihnen jetzt ein Schweizer Konto auf einen Zettel. Sie überweisen tausend Schweizer Franken auf dieses Konto. Danach bescheinige ich Ihnen, dass Sie die Entlassung aus der Staatsbürgerschaft der Republik Bosnien und Herzegowina, die wegen des Krieges momentan nicht bearbeitet werden kann, beantragt haben. Mit dieser Bescheinigung sind Sie dann dazu berechtigt, deutscher Staatsbürger zu werden. Haben Sie mich verstanden, Herr Grabovac?«

Ja, ich hatte ihn verstanden. Er wollte, dass ich ihm tausend Schweizer Franken als Schmiergeld auf sein persönliches Konto überwies.

»Und woher weiß ich, dass Sie mir, nachdem ich Ihnen das Geld überwiesen habe, tatsächlich diese Bescheinigung ausstellen?«

Er lächelte leise in sich hinein.

»Sehe ich etwa wie ein Betrüger aus, Herr Grabovac? Überweisen Sie das Geld und dann bin ich zufrieden und Sie sind es auch.«

Ich dachte kurz nach.

»Na gut, ich werde Ihnen das Geld überweisen.«

»Wunderbar, Herr Grabovac. Dann sind wir uns ja einig.«

Er stand auf, streckte mir die Hand entgegen, ich fühlte einen Zettel, nickte und ging.

25

Daheim erzählte ich Marianne und Robert von meinem Deal mit dem Konsul. Marianne sah mich streng an: »Also das geht ja wohl gar nicht. Das ist Betrug. Wir sind anständige Leute, die niemanden bestechen. Eine Unverschämtheit ist das. Wir werden eine andere Lösung finden.«

»Es gibt keine andere Lösung, Marianne.«

Es entstand eine kleine Pause. Sie zündete sich eine ihrer langen M&M-Zigaretten an.

»Na gut, angenommen, du lässt dich darauf ein. Woher nimmst du das Geld?«

»Darüber habe ich schon nachgedacht. Du weißt doch, dass ich nach dem Abitur für ein paar Monate durch Amerika reisen möchte und dafür seit Jahren spare. Auf meinem Konto ist genügend Geld. Ich werde ihm die tausend Franken überweisen.«

»Du willst auf deinen großen Traum verzichten, um diesen Halsabschneider zu bestechen?«

»Ja, ist doch viel besser, als in irgendeine Armee eingezogen zu werden und dann im Krieg zu landen.«

Robert, der auf dem Sofa saß, über dem ein Gemälde mit vier Welpen hing, strich sich seine kaum vorhandenen Haare zurecht, stopfte seine Pfeife, zündete den Tabak an, stieß eine Rauchwolke aus und fuhr sich mit der Hand über seinen dicken Bauch.

»Das kommt überhaupt nicht infrage. Du hast hart für dieses Geld gearbeitet, in den Ferien im Getränkemarkt geschuftet und nach der Schule Werbeprospekte ausgetragen. Du behältst dein Geld und bekommst die tausend Franken von uns.«

Marianne sah Robert mit einer Mischung aus Verwunderung und Zuneigung an.

»Paps, sollen wir das wirklich machen?«

»Ja, wir machen das!«

Ich war glücklich, umarmte beide, bedankte mich überschwänglich bei ihnen. Robert gab mir ein paar liebevolle Klapse auf die Wange.

»Ist schon gut, mein Junge. Wir würden dich doch niemals im Stich lassen.«

Nachdem wir uns bei Frau Eberle versichert hatten, dass bereits der bloße Antrag auf die Entlassung im Falle von Bosnien und Herzegowina reichen würde, um deutscher Staatsbürger zu werden, überwies Robert die tausend Franken auf das Konto in der Schweiz. Ein paar Wochen später lag dieses Schreiben in unserem Briefkasten:

Republik Bosnien und Herzegowina

Generalkonsulat - Stuttgart

Nr. : JJ-12-487/9

Stuttgart, 01.12.1992

Im Antrag von Frau/<u>Herr</u> Alem Grabovac hinsichtlich des Paragraphen 171. des Verwaltungsgesetzes der Republik Bosnien und Herzegowina, wird folgendes erteilt:

Bescheinigung

Hiermit wird bescheinigt, dass <u>Herr</u>/Frau Alem Grabovac den Antrag auf die Entlassung der Staatsbürgerschaft Bosnien und Herzegowina gestellt hat.

Angesichts der Tatsache, dass auf die Republik Bosnien und Herzegowina eine Aggression durchgeführt wird, bearbeiten wir zur Zeit die Anträge auf die Entlassung aus der Staatsbürgerschaft nicht.

Diese Bescheinigung dient zur Vorlage bei der Regelung der Einbürgerung in die deutsche Staatsbürgerschaft.

i. A. S. H., Vizekonsul

Als ich jenes Dokument in meinen Händen hielt, war ich einfach nur glücklich. Danach ging alles ganz schnell. Anfang Februar 1993 fuhr ich mit Marianne und Robert zum Landratsamt nach Freudenstadt. Die beiden hatten sich wie zu einem besonderen Anlass herausgeputzt: Robert trug einen Anzug mit Krawatte, Marianne eine elegante Bluse mit einer schönen Brosche und eine frisch gebügelte Bundfaltenhose. In einen Korb, den Marianne trug, hatten sie eine Sektflasche und drei Gläser eingepackt. Als ich von Frau Eberle meine Einbürgerungsurkunde überreicht bekam, ließ Robert den Sektkorken knallen. Frau Eberle war gerührt: »Also des isch ganz ond gar ned selbsdverschdändlich. Normalerweise hola sich die Leide die Urkund ab ond noh Dschüss ond Uf Wiederseha. I find's großardich, dess Se die Eibürgerung feiern.«

Robert schenkte den Sekt in die Gläser ein, Marianne würdigte Frau Eberle keines Blickes, war immer noch sauer, dass sie mich diesen Deutschtest hatte machen lassen. Robert erhob sein Glas, wir stießen an.

»Gratuliere dir, mein Sohn. Du hast es geschafft. Endlich bist auch du ein Deutscher.«

Ich nippte etwas bedröppelt an meinem Glas. Das war zu viel für mich. Obwohl ich Robert dankbar für das Geld war und er inzwischen die Verbindungen zu den rechtsradikalen Republikanern vollständig gekappt hatte, nachdem ihm Marianne deswegen die Hölle heißgemacht hatte, änderte es nichts daran, dass er ein alter Nazi blieb, der die Türken und manch andere Ausländer am liebsten nach Hause geschickt hätte, schwarze Menschen für nicht so intelligent wie die weißen hielt, den Holocaust leugnete und die Juden hasste. Das »endlich bist auch du ein Deutscher« aus seinem Mund zu hören, hatte mehr als nur einen schalen Beigeschmack. Ich empfand die ganze Situation als bizarr. Ich hörte Punk, las die Beatniks, war links, hasste Helmut Kohl, lehnte jeden Nationalismus ab und feierte dennoch mit Marianne, Robert und Frau Eberle in einem schwäbischen Amtsgebäude meine Einbürgerung in die Bundesrepublik Deutschland. Ich sah mich um, fühlte mich überfordert und sagte nichts.

Kapitel 3

Home Run

26

Svetozars Auszug Anfang der Neunzigerjahre hatte meiner Mutter keine Erleichterung verschafft. Dušan war ein gebrochener Mann. Er magerte ab, sprach kaum noch und begann wieder mit dem Saufen. Wenigstens schlug er Mutter nicht mehr. Dennoch wurde sie mal wieder von ihm bestraft. Ohne Begründung zog er eines Tages in das Zimmer, in dem Svetozar zuvor gewohnt hatte. Dušan holte seine Klamotten aus dem gemeinsamen Wandschrank im Schlafzimmer, stapelte sie fein säuberlich in die Schubladen der frei gewordenen Kommode, schmiss Svetozars altes Bett raus, kaufte eine neue breite Matratze und schaute sich auf dem Mini-Fernseher, der auf einem wackeligen Nachttisch stand, bis spät in die Nacht Western und Boxkämpfe an. Mit Mutter redete er kein Wort mehr. In der kleinen Zweizimmerwohnung herrschte von da an eisernes Schweigen.

Meine Mutter wollte nicht, dass ich sie unter diesen Umständen besuchte. Ich fuhr nur einmal im Spätsommer nach Frankfurt, als Dušan Urlaub in seinem Haus in Kačarevo machte. Meine Mutter saß auf dem Bett in ihrem Zimmer. Ich stand am offenen Fenster, beobachtete die Abendsonne, die langsam hinter den Hügeln des Taunus unterging. Ich drehte mich zu ihr um.

»Schau, wie schön dieser Blick ist. Alles könnte so ruhig und friedlich sein. Warum ist er in das andere Zimmer gezogen? Hattet ihr Streit?«

»Nein. Es ist wegen Svetozar.«

»Das ist doch verrückt. Er spricht seit einem halben Jahr wirklich gar nicht mehr mit dir?«

Sie nickte erschöpft.

»Er kommt nach Hause, schleicht sich in sein Zimmer und macht sofort die Tür hinter sich zu. Dann lauscht er, wann das Bad oder die Küche frei ist, duscht und macht sich etwas zu essen und geht damit in sein Zimmer. Er ist wie ein Geist.«

»Das ist doch bösartig, Mama. Jetzt sollst du wieder an allem schuld sein. Du hattest überhaupt nichts damit zu tun. Er quält dich mit seinem Schweigen. Lass dir das nicht gefallen. Geh endlich, Mutter. Geh!«

Mit leerem Blick starrte sie auf ihre Hände.

»Das verstehst du nicht, mein Sohn. Die Geschichte mit Svetozar hat ihn verändert. Er braucht Zeit für sich allein. Außerdem kann ich ihn, nach allem, was wir durchgestanden haben, nicht einfach verlassen. Das bringe ich nicht übers Herz. Ich schaffe es einfach nicht. Ich kann nicht.«

Ich setzte mich zu ihr auf die Bettkante.

»Verteidige ihn doch nicht immer. Er hat Mist gebaut. Weshalb musst du für seine Fehler büßen? Weshalb musst du das ertragen? Zieh endlich einen Schlussstrich, Mama. Glaub mir, danach wird es dir besser gehen.«

Sie weinte.

»Ich kann nicht, Alem. Ich kann es einfach nicht!«

Wie ein hilfloses Kind saß sie auf ihrem Bett. Ich holte ihr ein Taschentuch. Sie wischte sich die Tränen aus den Augen.

»Ist gut, Mama, ist ja gut. Dann ist es eben so.«

Meine Mutter litt sehr unter Dušans Schweigen. Nachdem Oma und Opa kurz hintereinander gestorben waren, übernahm sie die Kosten für die Beerdigung und begrub sie beide auf dem Friedhof in Maovice. Dušan ließ sie mit ihrer Trauer allein. Hinzu kam der Bürgerkrieg. Das alte Haus war zerstört, Freunde und Bekannte im Krieg gestorben und ihre Schwester Lucia hatte mit ihrem Mann und ihren fünf Kindern nach Zagreb fliehen müssen. Da sie dort nahezu mittellos waren, unterstützte meine Mutter sie mit einem nicht unerheblichen monatlichen Geldbetrag über Jahre hinweg. Das tat sie gerne. Sie liebte ihre Schwester sehr.

Obwohl die Serben ihr die Heimat genommen hatten und sie nicht einmal die Gräber ihrer Eltern besuchen konnte, hätte sie niemals ein ganzes Volk hassen können. Meine Mutter war eine gutmütige Person. Bei Dušan konnte sie sich da nicht mehr so sicher sein. Er war Serbe und sie fragte sich immer häufiger, ob der Krieg ihn verändert hatte und er inzwischen nicht mehr mit einer Kroatin zusammenleben wollte. Mir verweigerte sie weiterhin die Unterschrift zur Einbürgerung, weil sie Dušan, obwohl er sie kaltherzig ignorierte, nicht verärgern wollte. Sie blieb in der Wohnung, gab nicht nach und wollte ihn nicht verlieren. An einem Sonntagvormittag, nach über zwei Jahren der Totenstille, fragte er sie plötzlich im Flur: »Wie geht es dir?«

Noch an diesem Tag zog er wieder ins gemeinsame Schlafzimmer ein. Als sie mir das am Telefon erzählte, verschlug es mir die Sprache. Ich konnte einfach nicht begreifen, weshalb sie ihm immer wieder alles verzieh.

27

Das Abitur feierte ich ausgelassen mit meinen Klassenkameraden auf illegalen Raves in abgelegenen Industriegebieten. Zum Abschluss fuhren wir noch für eine Woche nach Prag. Am letzten Abend trank ich mit der schönen Isabell auf der Karlsbrücke über der Moldau eine Flasche Rotwein. Wir küssten uns und hatten danach Sex im Hotelzimmer. Es war eine einmalige Sache. Der Abschied fiel mir nicht schwer, wirklich nahe war ich weder Isabell noch meinen anderen Mitschülern in Böblingen jemals gekommen.

Im Sommer 1993 verwirklichte ich endlich meinen lang gehegten Traum von einer Reise durch Amerika. Die Vereinigten Staaten symbolisierten für mich, anders als die muffige schwäbische Enge und die kaum zu ertragende Gewalt in Frankfurt, die Vision von einem offenen, freien und selbstbestimmten Leben. Ich wollte alles hinter mir lassen und einen Neuanfang wagen. Mein Budget war knapp, ich hatte kaum Geld. Mein Plan sah vor, mich wie die Hauptfigur Dean Moriarty aus Jack Kerouacs Roman *On the Road* trampend von einem Ort zum anderen treiben zu lassen. Es sollte ein großes Abenteuer werden. Der Westen schien mir mit seinen schier endlosen Weiten dafür am geeignetsten zu sein. Der Flug nach San Francisco war gebucht, die Vorfreude riesengroß. Das dreimonatige Visum für die USA bekam ich mit meinem neuen deutschen Pass schnell und problemlos. Niemand verstand, weshalb ich allein reisen wollte. Alle machten sich große Sorgen. Mir war das egal. Ich war bereit für meine eigenen Wege.

Mitte Juli ging es endlich los. Der Abflug war in Frankfurt. Vor der Abreise blieb ich noch ein paar Tage bei Mutter und Dušan. Meine Einbürgerung nahmen sie emotionslos zur Kenntnis, aber über mein Abitur freute sich Mutter natürlich sehr. Sie küsste und umarmte mich von morgens bis abends und sagte mir immerzu, wie stolz sie auf mich sei. Zu meiner großen Überraschung schien zwischen den beiden tatsächlich vieles besser geworden zu sein. Über den Krieg sprachen sie nicht. Sie fühlten sich immer noch als Jugoslawen. Das musste reichen. Er schien endlich kapiert zu haben, was für ein Glück er mit Mutter hatte. Als wir kurz vor meiner Abreise am Küchentisch saßen, legte ich meine Schachtel Camel auf den Tisch und zündete mir eine Zigarette an. Ich war volljährig und wollte mir von ihm nichts mehr vorschreiben lassen. Er zog die Augenbrauen nach oben, zündete sich selbst eine Zigarette an und schob den Aschenbecher kommentarlos in meine Richtung. Dušan bedrohte uns nicht mehr, hatte seit seinem erneuten Einzug ins gemeinsame Schlafzimmer vor knapp einem Jahr wieder gehörig zugenommen, war sanftmütig geworden, half meiner Mutter beim Abwasch in der Küche und streichelte ihr sogar oft mitten am Tag zärtlich über die Wange. Zum ersten Mal in meinem Leben hatte ich den Eindruck, dass er sie aufrichtig respektierte und vielleicht sogar ein klein wenig liebte.

Meine Mutter brachte mich zum Flughafen und verabschiedete sich tränenreich von mir am Abflugterminal. Ich weinte niemandem hinterher und stieg unbekümmert ins Flugzeug. Es war kein Direktflug, ich musste in New York umsteigen. Mit meinem jugoslawischen Pass hatte ich ein ums andere Mal Probleme bei der Einreise in andere Länder gehabt. Obwohl ich jetzt Deutscher war, steckte die Angst, gleich für ein ausführliches Gespräch zur Seite gebeten zu werden, noch tief in mir. Der Beamte an der Grenzkontrolle, ein korpulenter schwarzer Mann mit hellwachen Augen, blätterte in meinem Pass, sah mich forschend an, lächelte hinter der Glasscheibe, schob den Pass zurück: »Welcome to the United States of America, Mr. Grabovac.«

Ich bekam eine Gänsehaut, war drin, hatte es tatsächlich geschafft, war allen entkommen.

Weiterflug nach San Francisco. Spätnachts fuhr ich in ein Hostel, stand mit den ersten Sonnenstrahlen auf, sah die Wellen des Pazifiks und die imposante Golden Gate Bridge, lief durch steile Straßen, die von prächtigen Häusern im viktorianischen Stil flankiert wurden, kaufte mir an einem Kiosk den *San Francisco Chronicle*, ging in ein Diner, trank Filterkaffee, aß Rühreier mit Speck, las die Zeitung, blickte zur Fensterfront hinaus, summte die Titelmelodie der Serie *Die Straßen von San Francisco* und hätte schwören können, dass in diesem Moment Michael Douglas und Karl Malden mit ihrem Ford Galaxy 500 auf Verbrecherjagd am Diner vorbeirasten.

Am nächsten Tag fuhr ich ins benachbarte Oakland, ins Coliseum, um meine Athletics gegen die Texas Rangers spielen zu sehen. Ich liebte Baseball schon seit meiner Kindheit. Alles hatte mit einer Fernsehserie begonnen. Sie hieß *Die Bären sind los*. Marianne zeichnete mir jede Folge auf unserem Betamax-Rekorder auf. Ich war neun oder zehn Jahre alt und sah mir immer und immer wieder an, wie Morris Buttermaker, der Coach der Mannschaft, ein etwas schrulliger älterer Herr in bunten Hawaii-Hemden, mit unermüdlicher Geduld und einer riesigen Portion Warmherzigkeit aus einem wilden Haufen Jugendlicher, die alle aus zerrütteten Familienverhältnissen kamen, ein erfolgreiches Baseball-Team formte und ihnen dadurch ihre Würde und ihr Selbstvertrauen zurückgab. Die Serie spielte in L.A., die Jungs waren allesamt Verlierer und Außenstehende, die sich fehl am Platz fühlten. Damit konnte ich mich identifizieren. Ich kam ebenso aus schwierigen Familienverhältnissen, fühlte mich auch oft fehl am Platz. In der Schule beschimpften sie mich oft als »Scheiß-Jugo«, dann prügelte ich mich wie Tanner Boyle aus der Serie, der sich auch nichts gefallen ließ, mit meinen deutschen Schulkameraden auf dem Schulhof. Danach war die Sache wieder einigermaßen geregelt. Außerdem begeisterte mich auch ganz einfach das Baseballspiel, das in seiner Langsamkeit so anders schön als mein ebenso heiß geliebter Fußball war.

Ich las Bücher über die Spielregeln, besorgte mir Videokassetten von alten Spielen, wurde Fan der Oakland Athletics, weil mir ihre Spielkleidung in *Green and Gold* und ihr Logo mit dem Elefanten, der mit seinem Rüssel einen Baseballschläger schwang, so sehr gefiel. Später, als ich etwas älter wurde, hörte ich mir spätnachts im Radio, auf AFN, dem Hörfunksender der US-amerikanischen Streitkräfte, viele Spiele live an. Es war ein Ereignis: Die Stille im Zimmer, kein Bild, nur das Gemurmel der Zuschauer, das unvergleichliche Geräusch eines auf den Schläger aufprallenden Balls bei einem Home Run, die sich überschlagende Stimme des Kommentators, die fernen Stadien in St. Louis, Pittsburgh, Cincinnati, Atlanta oder New York, während das schwäbische Dorf vor sich hin schlummerte. Baseball wurde zu einem magischen Zufluchtsort, der nur mir allein gehörte.

Die Stimmung im Stadion war entspannt und erwartungsfroh. Ich kaufte mir mit einem stümperhaft gefälschten internationalen Studentenausweis, der mich als einundzwanzig statt neunzehn auswies, ein Bier und einen Hot Dog, sah, wie Rickey Henderson eine Base stahl und Mark McGwire einen phänomenalen Home Run in das Upper Deck des Stadions schlug. Ich dachte an all die Nächte vor dem Radio, in denen ich nur das Raunen der Zuschauer und die Stimme des Kommentators gehört hatte, blickte mich um, schüttelte ungläubig den Kopf, feuerte lautstark meine Athletics an. Wir gewannen das Spiel 7:5.

Ich trampte durch die Region rund um den Mount Shasta in Nordkalifornien weiter nach Salem, eine kleine hübsche Stadt in Oregon. Um Geld zu sparen, schlief ich unter sternenklarem Himmel in einem Park, ging frühmorgens zu einem McDonald's, wusch mir auf der Toilette das Gesicht, putzte mir die Zähne. Ein kleiner schwarzer Junge, vielleicht fünf Jahre alt, betrat mit seinem Vater die Toilette. Der kleine Junge starrte mich und meinen dunkelbraunen Rucksack an, zupfte am Hemd seines Vaters: »Schau Daddy, der arme Junge hat kein Zuhause.«

Der Vater blickte mich im Spiegel an: »Ja, mein Sohn, nicht allen Menschen geht es so gut wie uns.«

Als ich aus der Toilette kam, standen die beiden vor mir. Der Vater drückte mir eine Tüte mit Burgern, Fritten und Cola in die Hand. Ich winkte ab: »Das ist wirklich nicht nötig. Ich habe genügend Geld.«

Er klopfte mir auf die Schulter: »Junge, lass es dir schmecken.«

Wir verließen gemeinsam den Laden. Ich setzte mich auf

eine Bank, sah, wie die beiden in einem verrosteten Pick-up davonfuhren, dachte an Robert und schickte ihm einen lächelnden Gruß nach Deutschland.

In Seattle, im hohen Norden, suchte ich den Grunge und fand ihn nicht. Immerhin gab B. B. King, der Altmeister des Blues, unten am Hafen von einem Boot aus ein sommerliches Freiluftkonzert. Ich ging hin, der Eintritt war frei, er sang »Let The Good Times Roll«, »Everyday I Have The Blues« und »When Love Comes To Town«. Sein virtuoses Gitarrenspiel war mit das Schönste, was ich jemals gehört hatte.

In Spokane, Washington, schlief ich wieder in einem Park. Mitten in der Nacht fuhren die Wassersprenganlagen nach oben. Ich hatte nicht den Hauch einer Chance, war in kürzester Zeit patschnass. Auch die Sachen im Rucksack waren feucht geworden. Ich hängte die Klamotten und meinen Schlafsack in die Bäume. In der Nähe stand ein Kriegsdenkmal für die in Vietnam gefallenen Soldaten von Spokane und Umgebung. Auf dem Sockel der Bronzestatur, die einen nachdenklichen Soldaten mit einem leeren Blatt Papier in der Hand darstellte, waren die Namen der gefallenen Soldaten eingraviert. Immer wieder las ich die Namen, musste an die Kriege in Jugoslawien denken, bibberte mich in das Morgengrauen hinein, fühlte mich einsam und verlassen.

Kurz darauf bekam ich in Bozeman, Montana, Fieber. Zum Glück gab es eine Jugendherberge. Im Aufenthaltsraum fand ich eine Bücherkiste mit Hermann Hesses *Siddhartha* auf Englisch. Den Roman hatte ich noch nicht gelesen. Ich ging ins Bett, schwitzte, verfolgte wie im Rausch Siddharthas verschlungene Wege zur Erleuchtung. Als am nächsten Morgen die ersten Sonnenstrahlen schräg ins Zimmer fielen, legte ich das Buch zur Seite und war wieder gesund. Das war ein wenig unheimlich, aber spirituell oder gar religiös bin ich deswegen nicht geworden.

In Wyoming wurde es gefährlich. Ich wollte nach Salt Lake City, stand in der sengenden Mittagshitze auf einer dieser ewig langen Landstraßen, die man meilenweit überblicken kann. Die paar wenigen Trucks und Autos, die vereinzelt am Horizont auftauchten, fuhren in aller Seelenruhe an mir vorüber. Es gab keinen Schatten, die Sonne brannte erbarmungslos. Nach vier Stunden hielt endlich jemand an. Ich war erleichtert, schmiss meinen Rucksack auf die Rückbank, setzte mich auf den Beifahrersitz. Der Mann am Steuer war Mitte vierzig, hatte braune Augen, brünette Haare, war von kräftiger Statur und wahrscheinlich ein bisschen größer als ich. Als noch keine fünf Minuten vergangen waren, begann er damit, mir Komplimente zu machen, sagte in kokettem Tonfall, dass ich ein sehr hübscher junger Mann sei. Später beugte er sich immer wieder zum Handschuhfach, um irgendetwas herauszuholen, und berührte dabei wie zufällig mein Knie oder meine Hand. Ich wurde nervös, bat ihn darum, anzuhalten und mich rauszulassen. Er grinste und meinte nur, dass ich mir keine Sorgen zu machen brauche und er mich nach Salt Lake City fahren würde. Was jetzt? Aus dem fahrenden Auto konnte ich nicht springen. Einen Unfall zu provozieren kam auch nicht infrage. Er bog von der Landstraße ab. Ich fragte ihn, was das solle. Er behauptete, dass dies eine Abkürzung sei. Wir fuhren auf abseitigen Wegen in einer steinig hügeligen Landschaft. Ich wischte mir den Angstschweiß von der Stirn, versuchte entschlossen zu wirken, umfasste mit der rechten Faust das Taschenmesser in der unteren Seitentasche meiner Hose. Nach all den Schlägen von Dušan hatte ich mir geschworen, dass kein Mensch der Welt mich jemals wieder körperlich demütigen durfte. Ich war zu allem bereit. Er sagte, dass er mal für kleine Mädchen müsse, stoppte den Wagen auf einem gottverlassenen Plateau. Ich zückte mein Messer, hielt es ihm entgegen: »Wenn du dich bewegst, töte ich dich.«

Vorsichtig, ohne ihn aus den Augen zu lassen, griff ich nach meinem Rucksack auf der Rückbank, öffnete danach blitzschnell die Beifahrertür und rannte, so schnell ich nur konnte, weg. Er schrie mir hinterher: »Wenn ich dich kriege, ramme ich dir meinen großen Schwanz in deinen kleinen Arsch.«

Ich rannte und rannte und rannte und nach einer Dreiviertelstunde etwa, als ich mir zu hundert Prozent sicher war, dass er nicht mehr hinter mir sein konnte, schmiss ich mich panisch hinter einen Felsvorsprung. Ich zitterte, fühlte mich dreckig, musste mich übergeben.

Nachdem ich mich einigermaßen beruhigt hatte, blickte ich auf die Uhr. Es war später Nachmittag. Ich hatte nichts mehr zu trinken und zu essen. Außerdem konnte es hier in der Nacht ungemütlich kalt werden. Es half nichts, ich musste weiter, fand nach einiger Zeit wieder eine Straße. Zwei Männer mit verstaubten Baseballmützen, die wie Bauarbeiter aussahen, hielten mit ihrem Pick-up an. Sie fuhren nach Salt Lake City. Ich bekam das Zeichen, mich hinten auf die Ladefläche zu setzen. Ich wippte aufgeregt mit den Füßen, klammerte mich an meinem Rucksack fest, mein Herz pumpte wild, der Fahrtwind pfiff mir um die Ohren. Aber es geschah nichts. Die beiden waren sogar so freundlich, mich direkt vor die Eingangstür einer Jugendherberge zu fahren.

Ich brauchte ein paar Tage, um mich von dieser Fast-Vergewaltigung zu erholen.

Danach trampte ich ohne Zwischenfall einige Tausend Kilometer durch die gigantischen Canyons des Mittleren Westens. Utah, Colorado, Arizona und Nevada, gleißendes Licht, brauner bis tiefroter Sandstein, bizarre Felsformationen, abgrundtiefe Schluchten, endlos erscheinende Weiten. Morgens schwamm ich im glasklaren Wasser des Lake Powell, mittags saß ich auf dem Beifahrersitz riesiger Trucks und abends schlief ich draußen unter einem mit Sternen übersäten Nachthimmel. Und dann, im Monument Valley, genau an jenen roten Felsen und Tafelbergen, an denen entlang John Wayne in seinen Filmen in den Sonnenuntergang geritten war, die Erinnerung an dunkle Tage bei Mutter und Dušan in Frankfurt. Sie sahen sich am Wochenende immer Western-Filme an. Ich vergötterte die coolen, sporentragenden Cowboys, wollte ebenso frei und unabhängig sein wie sie, hatte eine stattliche Sammlung an Spielzeugpistolen, erklärte ihnen, dass es mir eines Tages gelingen würde, durch den Bildschirm hindurch nach Amerika zu entkommen. Sie lachten mich aus, schickten mich mittags, weil sie schlafen wollten, nach draußen. Im Hinterhof der Hanauer Landstraße roch es nach Pisse und Dreck. Ich versteckte mich hinter den Mülleimern und schoss, genauso wie in den Filmen, die ich in der Nacht zuvor gesehen hatte, alle, die den Hof durchquerten, mit meinen Spielzeugpistolen einfach tot. Nach und nach verstand ich, dass es kein Entkommen für mich geben würde. Aber jetzt war ich hier, der Sprung durch den Bildschirm war mir doch noch gelungen und alles war ruhig und gut und schön. Traurig nur, dass dort auch ein kleines Mädchen in traditioneller Navajo-Bekleidung auf einem

Campingstuhl saß. Neben ihr stand ein Schild mit der Aufschrift: »Taken Photo Of Little Navajo Girl 2.00 $ Each.«

Ich trampte durch die Mojave-Wüste, vorbei am Death Valley, bei vierzig Grad im Schatten nach Las Vegas. Ein Mormone, der ein Paket in die Stadt bringen musste, hatte mich mitgenommen. Die Klimaanlage fiel aus, stundenlang fuhren wir schwitzend durch ein großes weites hellbraunes Nichts. Der Mormone, ein untersetzter Mann mit zusammengekniffenen Lippen, warnte mich, meinte, dass die Stadt mit ihren Drogen, der Kriminalität, der Prostitution und dem Glücksspiel das Sodom und Gomorrha der USA sei. Das beeindruckte mich nicht sonderlich. Und dann, nach nur einer kleinen Erhebung, erschien Las Vegas mit seinen himmelhohen Casinos wie eine wild gewordene Fata Morgana inmitten der Wüste. Ich übernachtete in einem billigen Motel mit Swimmingpool, ließ die Natureindrücke der vergangenen Wochen hinter mir, tauchte in die simulierte Wirklichkeit der Casinos ein. Auf dem Strip und der Fremont Street das *Golden Nugget* in der Form eines überdimensionierten Goldbarrens, ein feuerspeiender Vulkanausbruch vor dem *Mirage*, das *Luxor* im altägyptischen Stil mit Sphinx und Pyramide und im *Venetian* die Rialto-Brücke und künstlich angelegte Kanäle, auf denen Gondolieri Touristen an mondänen Geschäften vorbeischipperten, und draußen, in den nächtlichen Straßen, die sich spiegelnden Lichter der Fassaden auf dem Asphalt und die gebeugten Obdachlosen mit ihren Einkaufswagen und die erotischen Flyer für die *Private Dancer* und all die Hochzeitskapellen mit glücklich posierenden Brautpaaren, denen Elvis im weißem Anzug »Love Me Tender« vorsang, und drinnen, in den glitzernden

Casinos, ein weit verzweigtes Labyrinth mit versteckten Ausgängen und zoomenden Kameras und nirgendwo ein Fenster, kein Tag und keine Nacht, die Pik 7 und die Herzdame auf den Tischen, die rotierende Kugel beim Roulette und die Ansage des Croupiers: »Rien ne va plus«, und überall das Klimpern der Geldmünzen in den unzähligen Slot Machines, den einarmigen Banditen. Ab und zu warf ich einen Quarter in die Automaten, bekam dafür von den Servicedamen einen Freidrink spendiert, speiste billig und fürstlich in den Restaurants der Casinos, schwamm tagsüber im Swimmingpool des Hotels, flanierte in der Nacht wie in einem Traum durch die farbenprächtigen Lichter jener Stadt, in der einst Frank Sinatra, Dean Martin und Sammy Davis Jr. den »Candy Man« besungen hatten. Las Vegas war gut zu mir: Mit zwölf Dollar Gewinn ging es auf der Interstate 15 weiter Richtung Süden.

Ich landete in San Diego, begann eine Affäre mit der Frau des Hostelbetreibers. Martha war achtundzwanzig, Mexikanerin, kam ursprünglich aus Guadalajara, hatte braune Augen, schwarz gelockte Haare, war temperamentvoll und äußerst attraktiv. Schon beim Einchecken schauten wir uns einen Tick zu lange in die Augen. Am Abend, in der Gemeinschaftsküche, fragte sie mich, ob ich morgen Lust darauf hätte, mit ihr shoppen zu gehen. Na klar, warum auch nicht. Zu meiner Überraschung war das Ziel ein Dessous-Laden. Sie führte mir die unterschiedlichsten Modelle vor, posierte sinnlich, lachte herzhaft. Ich war verloren. Danach spazierten wir durch den Balboa Park, die größte Grünanlage der Stadt, setzten uns an einen kleinen See und küssten uns. Später, als ihr Mann Steve, ein zwanzig Jahre älterer Amerikaner, mit ein paar Kumpels in einer Kneipe verabredet war, gingen wir in ihre Wohnung, die sich im Hostel befand, und schliefen miteinander. Die nächsten Tage trafen wir uns, wann immer wir nur konnten, heimlich in der Stadt oder in ihrer Wohnung. Ich war verknallt, ging ins Baseballstadion der San Diego Padres, lief durch das Gaslamp Quarter mit seinen schicken historischen Häusern, fuhr ins benachbarte Tijuana, sah in der Nacht die kreisenden Hubschrauber mit ihren Suchscheinwerfern am militärisch gesicherten Stacheldrahtzaun der Grenze, trank Tequila mit mexikanischen Prostituierten in einer Bar, bekam kaum etwas mit, musste ständig an Martha denken. Dann, nach fünf Tagen, weckte sie mich noch vor Sonnenaufgang in meinem Zimmer: »Du musst sofort abhauen. Steve scheint etwas mitbekommen zu haben. Er ist sehr jähzornig. Mach schnell. Sonst geschieht noch ein Unglück.«

Ich zog mich an, stopfte alles hastig in den Rucksack, sie weinte, gab mir im Empfangsbüro meinen Pass zurück und drückte mir zum Abschied ein paar kleine bunte Bonbons, die in einem Glasbehälter neben der Kasse lagen, hilflos in die Hand. Ich schlich mich aus dem Hostel, die Sonne ging auf, ich bog in eine Allee mit meterhohen Königspalmen ein, öffnete die weiße Plastikhülle eines bunten Bonbons, fühlte mich traurig, niedergeschlagen, dumm und unglaublich naiv.

Ich versuchte Martha zu vergessen, trampte nach L.A., checkte in einem Hostel in Venice Beach ein. Im Garten des Hostels rauchte ich abends mit einem Engländer einen Joint. Die junge Frau von der Rezeption kam zu uns, hatte ihre Schicht beendet, setzte sich dazu, fragte, ob wir uns kurz mal hundert Dollar verdienen wollten. Sie war schlank, hatte lange Beine, war bildhübsch und meinte, dass sie für einen

Freund ein Auto vom Flughafen abholen müsse. Der Engländer besaß im Gegensatz zu mir einen Führerschein. Ich sollte trotzdem mitkommen. Wir waren gut drauf, sagten zu, fuhren gemeinsam zum Flughafen. Dort wartete ein nagelneuer schwarzer Mercedes-Benz auf uns. Ich saß bei der hübschen Frau vorn in ihrem Toyota, der Engländer folgte uns. Wir fuhren in die Hollywood Hills, hielten vor einer luxuriösen Villa, das schmiedeeiserne Eingangstor öffnete sich automatisch, an der Tür wartete ein dicker Mann im Bademantel auf uns, der eine Zigarre rauchte. Er bedankte sich herzlich, drückte der hübschen Frau ein Bündel Dollarscheine in die Hand. Wir fuhren zurück zum Hostel, die hübsche Frau verabschiedete sich, gab uns jeweils hundert Dollar. Ich trank noch ein paar Biere mit dem Engländer. Erst am nächsten Morgen verstand ich wirklich, wie gefährlich und saudumm diese hirnrissige Aktion eigentlich gewesen war. Aber immerhin hatte ich hundert Dollar verdient.

Meine Reise neigte sich nach knapp drei Monaten dem Ende entgegen. Im Hostel fand ich einen Typen, der mich für ein paar Dollar Benzingeld in seinem Bulli mit nach San Francisco nahm. Kurz vor Sonnenaufgang starteten wir den Motor, fuhren den Highway 1 entlang, vorbei an weißen Stränden, gepflegten Vorgärten, sattgrünen Parkanlagen mit windschiefen Bäumen, atemberaubenden Steilküsten und romantisch in Buchten gelegenen Fischerdörfern. Spätnachts erreichten wir San Francisco, parkten in der Nähe des Hostels. Am nächsten Morgen sah ich den Typen zerknirscht am Frühstückstisch sitzen.

»Was ist passiert?«

»Ein paar Arschlöcher haben in der Nacht die Scheiben eingeschlagen und den Bulli leer geräumt.«

»Fuck, das tut mir leid.«

»Ja, scheiße Mann. O. k., ich muss weiter, kann den Wagen so nicht draußen stehen lassen. Ciao, Mann.«

»Ja, Ciao.«

Mir blieben noch zwei Tage in San Francisco. Ich war müde und wurde melancholisch. Am letzten Abend fuhr ich wieder ins Coliseum. Heimspiel gegen die legendären New York Yankees. Das Stadion war nahezu ausverkauft, die Stimmung war sensationell. Bobby Witt, unser Werfer, ließ nur zwei Punkte zu und Rubén Sierra schlug einen Grand Slam ins Upper Deck des Stadions. Wir gewannen das Spiel 4:2. Noch einmal war ich so richtig glücklich.

Kapitel 4

Schwarze Robe, weißes Hemd, schlichte Krawatte und dunkler Hut

28

Nach meiner Reise fühlte ich mich gestärkt und gereinigt. Einen Einberufungsbescheid in die Bundeswehr bekam ich nicht, da meine Ausbürgerung aus Bosnien und Herzegowina immer noch nicht bearbeitet werden konnte. Ich war also frei, brauchte einen Job oder eine andere Idee, wie ich mein Leben fortan gestalten wollte. Ich liebte die Literatur, hatte ein Talent zum Schreiben, verfasste hin und wieder eine Kurzgeschichte, wäre gerne Schriftsteller geworden, war mir jedoch darüber bewusst, dass ich weder über die finanziellen Mittel noch über die nötige Geistesreife verfügte, um diesen Weg momentan einzuschlagen. Ein konkreter Beruf mit Karrieremöglichkeiten und einem monatlichen Gehaltsscheck stand auch nicht ganz oben auf der Prioritätenliste. Ich war neugierig, hatte ein unbändiges Bedürfnis nach Wissen, wollte mich intellektuell weiterentwickeln und begreifen – wahrscheinlich beeinflusst durch mein ambivalentes Aufwachsen zwischen verschiedenen Müttern, Vätern, Familien und Lebensmodellen –, wie und wodurch Menschen individuell und sozial geprägt wurden. Keines der sieben Behrens-Kinder hatte studiert. Wie Robert waren sie nahezu alle in der Motorradbranche tätig. Mir hatte man, weil ich technisch unbegabt und durch die schwierigen Umstände in mancherlei Hinsicht ein Spätentwickler war, nicht allzu viel zugetraut. Umso größer war die Überraschung, als ich Marianne und Robert, die nie eine Universität von innen gesehen hatten, eines Tages mitteilte, dass ausgerechnet ich, ihr ausländisches Pflegekind, studieren wollte. Sie waren sehr stolz auf mich, sprachen mir Mut zu und unterstützten mich in meinem Vorhaben.

Ich ließ mir postalisch die Vorlesungsverzeichnisse einiger Universitäten zukommen und war, als ich die faustdicken Bücher in meinen Händen hielt, vollkommen überfordert. Ich hätte niemals gedacht, dass es so eine riesige Auswahl an Studienfächern gab. Wochenlang kämpfte ich mich durch die kurz umrissenen Lehrveranstaltungen der verschiedenen Institute und versuchte, mir einen Überblick über einzelne Fächer und ihre Themenfelder zu verschaffen. Meine Wahl fiel schließlich auf die Soziologie. Das Studium der Gesellschaft erschien mir als perfekter Rahmen, um später zu entscheiden, welchen Beruf ich mit dem erlernten Wissen ausüben wollte.

Ein Studium in der Provinz kam für mich nicht infrage. Dort hatte ich lange genug gelebt. Ich wollte in die Großstadt, ins laute Getümmel. Es zog mich in den Süden, nach München, in die Nähe von Italien. Ich bewarb mich an der Ludwig-Maximilians-Universität, wurde zugelassen, immatrikulierte mich für Soziologie, beantragte BAföG und suchte monatelang eine Unterkunft. In den Studentenwohnheimen gab es keinen freien Platz und für die Innenstadt, nicht einmal für ein WG-Zimmer, reichte, trotz BAföG und einem geringen Zuschuss von meiner Mutter, das Geld einfach nicht. Ich fand schließlich eine billige Bleibe etwas außerhalb in München Daglfing. Es war eine kleine Dachgeschosswohnung mit Bad, aber ohne Küche. Die Gegend bestand aus bürgerlichen Einfamilienhäusern mit Vorgärten und war nicht gerade das, wovon ich geträumt hatte. Immerhin lag die S-Bahn-Station, auf der die S8, die Flughafenlinie, sogar die gesamte Nacht über fuhr, in unmittelbarer Nähe zu meiner Wohnung. Damit war ich in fünfzehn Minuten am Marienplatz im Zentrum der Stadt.

Marianne schenkte mir zum Auszug eine kleine Herdplatte und eine Mikrowelle. Sie war schon immer sehr pragmatisch veranlagt gewesen. Mit unserem metallicroten BMW fuhr sie mich nach München. Als sie mein kleines Dachgeschosszimmer mit den schrägen Fenstern sah, lachte sie verschmitzt.

»Du wirst das schon schaffen. Weißt du, ich hätte auch gerne studiert. Physik oder Mathematik hätte ich mir gut vorstellen können. Aber das ging wegen der vielen Kinder nicht. Ich finde es großartig, dass du dir das zutraust.«

Wir gingen runter zum Auto. Sie zündete sich eine ihrer langen M&M-Zigaretten an und fuhr mir aufmunternd durch die Haare.

»Du weißt, dass du mich jederzeit anrufen kannst. Und auch unser Haus steht dir natürlich immer offen. Aber jetzt genug der Worte. Viel Glück, Alemchen.«

Sie stieg ins Auto, kurbelte das Fenster herunter, drehte den Zündschlüssel um und winkte mir zum Abschied. Als ich Marianne, die mich von Anfang an beschützt und umsorgt hatte, mit ihrem metallicroten BMW davonbrausen sah, musste ich mir ein paar Tränen aus den Augenwinkeln wischen.

29

Ich brauchte nicht lange, um mich in der Stadt einzuleben. Durch die Vorlesungen, die in überfüllten Hörsälen im Hauptgebäude an der Ludwigstraße abgehalten wurden, und den etwas übersichtlicheren Seminaren im Schwabinger Institutsgebäude ergaben sich schnell vielfältige Bekanntschaften. Und auch das Studium erwies sich als Glücksgriff. Ich war fasziniert davon, wie präzise und tiefgründig man unterschiedliche Gesellschaftsformationen analysieren konnte. Kapitelweise verschlang ich die soziologischen Klassiker von Auguste Comte, Karl Marx, Émile Durkheim, Georg Simmel, George Herbert Mead und Ferdinand Tönnies bis hin zu Max Weber, beschäftigte mich mal mehr und mal weniger eingehend mit Adornos Dialektik der Aufklärung, den funktional ausdifferenzierten Systemen von Niklas Luhmann, Erving Goffmans Analyse der sozialen Rollen, Michel Foucaults Wirkungsweisen der Macht, Jürgen Habermas' Theorie des kommunikativen Handelns, Pierre Bourdieus feinen Unterschieden im Lebensstil und Habitus sozialer Milieus und dem Werk von Ulrich Beck, der an unserem Institut lehrte und dessen Risikogesellschaft, in der er die Konturen einer neuen individualisierten Moderne herausgearbeitet hatte, ein weltweiter Bestseller geworden war.

Ich verbrachte viel Zeit in der Bibliothek, lernte die methodischen Standards für die Erhebung empirischer Studien und schrieb Seminararbeiten über steigende Selbstmordraten in Zeiten des sozialen Wandels, die massenmediale Erfindung von Nationen im 18. Jahrhundert durch die Ausdehnung des Buch- und Druckmarktes, den Kampf um Anerkennung und kulturelles Kapital anhand der historischen Entwicklungsgeschichte des Essverhaltens in aufstrebenden sozialen Klassen und die soziokulturelle Diskriminierung von Minderheiten im Bildungswesen. Mehr und mehr begriff ich, wie ungleich die Lebenschancen, auch und gerade für uns Gastarbeiterkinder, in der Gesellschaft verteilt waren.

Um das Studium zu finanzieren, musste ich mir mit Studentenjobs ungefähr fünfhundert D-Mark im Monat hinzuverdienen. Ich erledigte Gartenarbeiten im Bogenhausener Villenviertel, wurde Kabelträger in den Bavaria Filmstudios, schuftete als Laufbursche in den Weinkellern von Fünfsternehotels am Stachus und verpackte in den Lagerhallen der Luxusmarke MCM am Leuchtenbergring hochpreisige Handtaschen und Koffer für deren neureiche Kundschaft aus aller Welt. In der Geschäftsstelle von MCM, in der uns morgens die Bestellscheine ausgehändigt wurden, hing eine rot leuchtende Anzeigentafel, die im Minutentakt den exorbitant steigenden Umsatz der Firma anzeigte. Mehr Blasiertheit war kaum möglich. München war mitunter eine unglaublich snobistische und kleinkarierte Stadt, aber die Jobs waren gut bezahlt und ließen mir genügend Freiraum für das Studium und andere Freizeitaktivitäten.

Ich genoss mein neues Studentenleben in vollen Zügen, spielte die Rolle eines jungen Intellektuellen, um dadurch in diese hineinzuwachsen. Morgens las ich bei einer Tasse Espresso die frei ausliegenden in- und ausländischen Zeitungen im lichtdurchfluteten *Stadtcafé* in der Nähe des Marienplatzes, schlenderte danach über den nach frischem Obst und Gewürzen riechenden Viktualienmarkt, rauchte hin und wieder, von Musik und hübschen Frauen umgeben, einen Joint auf dem Monopteros-Hügel im Englischen Garten, debattierte abends mit Kommilitonen in den Bars und Kneipen rund um die Leopoldstraße über Derrida und Lacan und trieb mich nahezu jedes Wochenende auf irgendeiner Studentenparty herum. Manchmal war ich danach so betrunken, dass ich auf der Rückfahrt meine S-Bahn-Station verschlief und erst wieder am Flughafen aufwachte. Dann schlenderte ich zum Abflugterminal, trank eine Tasse Kaffee, ließ mich von dem ganz eigenen Raum aus Geschäftigkeit, Nervosität, Aufbruchsstimmung, Flugangst, Vorfreude und den letzten Aufrufen für Algier, Bangkok, New York oder Buenos Aires hinwegtreiben, erinnerte mich an das Gefühl der Freiheit auf den Straßen Amerikas, träumte von Reisen in ferne Länder, rauchte eine Zigarette in einer Lounge, flog nirgendwo hin, kaufte mir die *Abendzeitung*, weil sie mit ihren bunten Bildern und kurzen Texten meinen immer noch alkoholisierten Geisteszustand nicht allzu sehr belastete, fuhr zurück nach Daglfing und schlief in aller Ruhe meinen Rausch aus.

Abgesehen vom Flughafen wachte ich auch ab und zu nach einer Party in einem fremden Bett auf, hatte kurze Affären und kein Interesse an längeren Beziehungen. Das änderte sich erst, als ich nach etwa einem Jahr Eve auf der Geburtstagsfeier eines Freundes in Haidhausen traf. Eve war Engländerin, studierte in Hatfield, etwa zwanzig Meilen nördlich von London, an der University of Hertfordshire Kulturwissenschaften und war ein Jahr jünger als ich. Sie hatte schulterlange brünette Haare und kastanienbraune Augen, trug schrille bunte Klamotten, war ein Fan von Cyndi Lauper und für eine Woche zu Besuch bei ihrer Freundin

Ruby in München. Wir begegneten uns in der aus allen Nähten platzenden WG-Küche, tranken ein Bier nach dem anderen, redeten ohne Unterlass, hatten nur noch Augen für uns, bekamen nichts mehr von der Party mit, fuhren irgendwann mit der S-Bahn zu mir und schliefen noch im Morgengrauen miteinander. Die folgenden zwei Tage verbrachten wir nahezu ausschließlich im Bett. Danach schrieben wir uns Briefe, telefonierten täglich, besuchten uns immer öfter, trampten manchmal am Wochenende über den Brenner an den Gardasee, fuhren oft mit dem Zug von Hatfield nach London und liebten uns schließlich so sehr, wie sich zwei Menschen nur lieben können.

Sechs Wochen nachdem Eve und ich uns kennengelernt hatten, rief mich Marianne eines Morgens schluchzend an: »Ich muss dir etwas sehr Trauriges mitteilen. Robert ist gestern Nacht an einem Herzinfarkt gestorben. Ich kann es immer noch nicht fassen. Er war doch erst dreiundsiebzig. Ach, Alemchen.«

Ich war wie gelähmt, wusste nicht, was ich ihr antworten sollte, stammelte irgendetwas in den Hörer, legte auf, packte schnell eine Tasche und fuhr mit dem Zug nach Rexingen.

Erinnerungen an Robert rauschten am Zugfenster an mir vorüber. Einmal hatte er mich mit einer weinroten Honda Gold Wing, die einen Sechszylinder-Viertakt-Boxermotor und einen Doppelschleifen-Stahlrohrrahmen besaß, von Lido di Jesolo in Italien, wo die Behrens und später auch ich immer den Sommerurlaub verbrachten, über traumhaft kurvige Küstenstraßen hinweg in das kroatische Bergdorf zu Oma und Opa gefahren. Und in meiner Kindheit brachte er mir morgens frische Brötchen vom Bäcker mit. Das Brot war noch warm, es roch nach Wurst, Käse, Marmelade und Kaffee, während er am Frühstückstisch die *Frankfurter Allgemeine Zeitung* las, mir geduldig die Weltlage erklärte und danach in seinem Büro verschwand, um Artikel über Motorräder zu schreiben. Ich fühlte mich in seiner selbstsicheren Gegenwart geborgen. Aber seine Kriegsverletzung, das große Loch in seiner Schulter, erinnerte mich auch ständig daran, dass es innerhalb eines Charakters vielfältige Schattierungen und Widersprüche geben konnte. Weder seine Bildung noch seine Herzlichkeit hatten ihn vor der nationalsozialistischen Ideologie bewahrt.

Zu seiner Beerdigung waren alle meine sieben Geschwister angereist. Bert, Hatto, Petra, Frauke, Maxi, Volker, Heike und ich erzählten uns beim gemeinsamen Leichenschmaus – es gab sein Lieblingsessen Rinderroulade mit Kartoffelklößen und Rotkohl – unzählige Geschichten und Anekdoten über ihn. Es wurde viel gelacht, viel geweint und einiges verschwiegen. Trotzdem war es tröstlich, mit dem Schmerz, den sein Verlust ausgelöst hatte, nicht allein zu sein. Denn ungeachtet all unserer teilweise heftig geführten Auseinandersetzungen über seine rechtsnationalen Überzeugungen war und blieb er über den Tod hinaus mein Vater, der mich uneigennützig aufgenommen und aufrichtig geliebt hatte.

Ich fuhr zurück nach München, versuchte nicht allzu viel an seinen Tod zu denken, kniete mich noch tiefer als zuvor in das Studium, bestand mein Vordiplom mit Bestleistung, bewarb mich für Stipendien an englischen Universitäten, wurde an der Guildhall University mit einem gut dotierten Jahresstipendium angenommen und zog im Sommer 1996, im Alter von zweiundzwanzig Jahren, nach London.

30

Meine Mutter fand die Wahl meines Studienfachs geradezu hirnrissig. Ihr wäre es viel lieber gewesen, ich hätte etwas Handfestes wie Medizin, Jura oder BWL studiert. Sie fragte mich immer, welchen Beruf man als Soziologe ausüben konnte. Dass es darauf keine eindeutige Antwort gab, enttäuschte sie sehr. Sie hatte sich alles im Leben schwer erkämpfen müssen und konnte nicht nachvollziehen, weshalb ich mich ausgerechnet für ein Studium entschieden hatte, das mir kaum Sicherheit in der Karriereplanung bot. Dennoch war sie natürlich mächtig stolz darauf, dass ihr Sohn an einer Universität studierte, und als ich auch noch das Stipendium für London erhielt, wuchs in ihr – obwohl sie immer noch nicht so recht verstand, was ich da eigentlich machte – zaghaft die Hoffnung, dass man sogar als Soziologe etwas erreichen konnte.

Ich verkaufte die Herdplatte und die Mikrowelle und fuhr im Fernbus mit zwei Koffern nach London. Die Fahrt über den Ärmelkanal dauerte vierundzwanzig Stunden und war in keiner Weise vergleichbar mit Mutters Ausreise von Jugoslawien nach Deutschland. Während sie ohne Sprachkenntnisse in ein unbekanntes Leben mit monotoner Akkordarbeit in einer Würzburger Schokoladenfabrik aufgebrochen war, erwartete mich in England ein geisteswissenschaftliches Studium mit gut sortierten Bibliotheken.

Mein möbliertes Zimmer, keine zehn Quadratmeter groß, befand sich in einem weitläufigen, durch ein schmiedeeisernes Tor abgesicherten Studentencarré im East End, das in Dutzende Vierer-Wohngemeinschaften mit eigener Küche und Bad aufgeteilt war. Meine Mitbewohner waren Cathy, eine durchgeknallte Furie aus Manchester, die sich alle nur erdenklichen Drogen einwarf und im Morgengrauen, nachdem sie die Nacht durchgefeiert hatte, in der Küche mitunter schreiende Tobsuchtsanfälle bekam; Aiko, eine zierliche und introvertierte Japanerin, die kaum ihre vier Wände verließ und ständig an Liebeskummer litt; sowie Rahul, ein Brite mit indischen Wurzeln aus Coventry, der vegan lebte, viel meditierte und mehrmals am Tag einen leuchtenden Schrein mit hinduistischen Göttern anbetete. Cathy und Rahul konnten sich nicht ausstehen und stritten ständig über nicht entfernte Haare im Duschabfluss, dreckiges Geschirr in der Küche oder dröhnende Stereoanlagen zu nachtschlafender Zeit. Mich störte das nicht sonderlich: Ich kaufte mir eine Packung Ohrstöpsel, war viel unterwegs und übernachtete häufig bei Eve, die, damit wir uns häufiger sehen konnten, von Hatfield an die University of North London gewechselt war. Sie wohnte jetzt ungefähr eine Dreiviertelstunde mit dem Bus von mir entfernt in einer kleinen Einzimmerwohnung in der Holloway Road im Norden Londons.

Kurz nach meiner Ankunft fand die Fußballeuropameisterschaft in England statt. Das rot-weiße Georgskreuz war in den Straßen allgegenwärtig, die Pubs waren rappelvoll, die Stimmung euphorisch und der Ohrwurm »Football's Coming Home« von den Lightning Seeds schallte bei angenehm warmen Temperaturen um die fünfundzwanzig Grad aus nahezu jedem Lautsprecher. Vor dem Halbfinale England vs. Germany lebte man als Deutscher jedoch gefährlich in London. Die Stimmung war aufgeheizt, die englischen

Medien spielten verrückt: »For you Fritz, ze Euro 96 Championship is over!«, titelte der *Daily Mirror*. Darunter winkte Paul Gascoigne mit einem englischen Stahlhelm aus dem Zweiten Weltkrieg auf dem Kopf. Sicherheitshalber sah ich mir das Spiel bei Eves Familie an.

Harry und Lilly lebten mit ihren beiden Söhnen Charlie und James noch im alten Elternhaus von Eve in Leigh-on-Sea, einem kleinen malerischen Fischerdorf, das vierzig Meilen östlich von London in der Grafschaft Essex lag. Ich war schon öfter bei ihnen gewesen und verstand mich sehr gut mit allen. Sie waren eine klassische englische Mittelstandsfamilie: Der Vater entwarf Prototypen für Spielautos, die Mutter arbeitete halbtags als Verkäuferin in einem Modegeschäft, die beiden Söhne gingen noch zur Schule, auf der High Street, der Hauptgeschäftsstraße, blieb man bei nahezu jedem Passanten für einen kurzen Plausch stehen, die Hypothek für das mehrstöckige viktorianische Haus mit steilen Innentreppen und Erkerzimmer zur Straße hin würde in dreißig Jahren abbezahlt sein, die Großmutter trug exzentrische Hüte und trank am Wochenende gerne ein Glas Sekt zu viel, zum Frühstück gab es Bohnen mit Speck und Spiegeleiern und am Abend Gravy, eine dünnflüssige Bratensoße mit Kartoffeln, Fleisch und zu lange gegartem Gemüse, die – was viel über den kulinarischen Zustand auf der Insel verriet – ein Highlight in der britischen Küche zu sein schien.

Während Lilly und Eve, die sich beide nichts aus Fußball machten, ins Kino gegangen waren, schaute ich mir das Spiel mit den Jungs im Wohnzimmer an. Es war an Spannung kaum zu überbieten. Nach der Verlängerung stand es immer noch unentschieden. Das Elfmeterschießen musste entscheiden. Gareth Southgate verschoss. Und als Andreas

Möller schließlich den entscheidenden Elfer verwandelte, sanken Harry und seine beiden Söhne von einer Sekunde auf die andere maßlos enttäuscht in sich zusammen. Um meine Zukunft in dieser Familie nicht zu gefährden, lief ich durch die Küche in den kleinen umzäunten Hintergarten und schrie erst dort: »Yes, yes, yes!«

Neben mir stand Eves schwarzer Kater George. George hatte eine Verhaltensstörung und rannte mitunter wie ein durchgeknallter Stier vom Garten aus gegen die Küchentür. Bei meinem letzten »Yes« sprintete er wieder los.

Das Finale sah ich mir in einem Pub mit ein paar Bekannten aus dem Studentenwohnheim im East End an. Ich weiß auch nicht, was in mich gefahren war, aber als Oliver Bierhoff im Mutterland des Fußballs das Golden Goal gegen Tschechien schoss, sprang ich von meinem Sitz, ballte die Faust und schrie: »The trophy is coming home!«

Es wurde mucksmäuschenstill um mich herum. Ich blickte in viele grimmige Gesichter und hatte Glück, dass ich nicht verprügelt wurde.

Im Osten Londons war man als Deutscher immer noch verhasst. Die flächendeckenden Bombardierungen der Luftwaffe während des Zweiten Weltkriegs auf die Wohnhäuser des East End waren nicht vergessen, und wenn ich mich in einem Pub als Deutscher outete, kam es nicht selten vor, dass man mich im tiefsten Cockney als »Fucking Nazi« beschimpfte. In Deutschland war ich der *scheiß Ausländer,* hier der *verfickte Nazi.* Ich kam damit zurecht und konnte ihre Wut und ihren Hass durchaus nachempfinden. Manchmal hatte ich aber auch keine Lust auf ihr dummes Nazigequatsche und sagte, dass ich halber Kroate und Bosnier sei, was ja auch stimmte. Dann wurde ich sofort, wahrscheinlich wegen der schrecklichen Bilder aus dem Bürgerkrieg im ehemaligen Jugoslawien, mit Anteilnahme und Liebe überschüttet. Ich nahm es mit Galgenhumor und wechselte meine Identität je nach Belieben.

Das Studium an der Guildhall University war verschulter, pragmatischer und nicht darauf ausgerichtet, aus jedem Studenten einen intellektuellen Akademiker zu machen. Nach ein paar Monaten stellte ich fest, dass ich hier sogar, anders als ich gedacht hatte, den Abschluss schaffen könnte. In Deutschland betrug die Regelstudienzeit bis zum Diplom neun Semester, in England hingegen konnte man bereits nach drei Jahren den Bachelor erwerben. Ich sprach mit einigen Professoren, ließ mir meine Scheine aus den ersten zwei Jahren in München anerkennen, wurde ins dritte Jahr hochgestuft und bekam somit die Möglichkeit, am Ende des Studienjahres einen britischen Universitätsabschluss in den Händen zu halten.

Das Viertel, in dem ich wohnte, war von bengalischen Einwanderern geprägt, die Frauen trugen Kopftücher, die Männer lange Bärte, mittags wurden die Geschäfte für das Gebet in der Moschee geschlossen und die Straßenschilder waren mit englischen und bengalischen Schriftzeichen bedruckt. Das fand ich großartig: Während die Regierung unter Helmut Kohl den türkischen Gastarbeitern in Deutschland eine Rückkehrprämie angeboten hatte, um sie loszuwerden, scheuten sich die Briten nicht davor, ihre Straßenschilder auch in bengalischer Schrift auszuzeichnen.

In der Brick Lane, der bekanntesten Straße des Viertels, reihte sich ein bengalisches Curryrestaurant an das andere. Die preiswerten Samosas, mit Reis, Kartoffeln, Gemüse oder

Fleisch frittierte Teigtaschen, wurden ebenso wie das Chicken Tikka Masala, ein erschwingliches Curryreisgericht aus gegrilltem mariniertem Hähnchenfleisch in einer würzigen Tomatensoße, zu zwei meiner Lieblingsspeisen. Am nördlichen Ende der Brick Lane stach eine Bäckerei inmitten all der bengalischen Restaurants hervor, die noch aus der Zeit stammte, als hier jüdische Immigranten wohnten. Die *Beigel Bakery* – jiddisch geschrieben – war vierundzwanzig Stunden an sieben Tagen die Woche geöffnet und hatte wie die Curryrestaurants weit über die Grenzen des East End hinaus einen Kultstatus. Die Preise für einen ofenfrischen Bagel waren für Londoner Verhältnisse unschlagbar. Auf dem Weg zur Uni kaufte ich mir jeden Morgen zum Frühstück den Cream Cheese Bagel with Salad für 65 Pence, und manchmal, wenn ich mit Eve und ein paar Freunden aus dem Wohnheim am Wochenende spät von einem Club nach Hause kam, gönnte ich mir – neben Polizisten, Rettungsdienstlern, Kleinkriminellen, Prostituierten und anderen Nachtschwärmern, die sich hier um vier Uhr morgens, wie es sich für Briten gehörte, gesittet in die lange Warteschlange einreihten – einen Salt Beef Bagel mit Senf und saurer Gurke für 1,45 Pfund. Es gab nichts Schöneres, als sich nach einer durchzechten Nacht das zarte Rindfleisch im Mund zergehen zu lassen.

Nach und nach erkundete ich die anderen Stadtteile, besuchte die legendären Jamsessions in den Clubs von Camden Town, staunte auf dem Brixton Market über das reichhaltige Angebot an karibischen Lebensmitteln, hörte mir im Speakers' Corner am nordöstlichen Ende des Hyde Park die apokalyptischen Verschwörungstheorien einiger Spinner an, drängte mich in den Pubs von Soho an die Theke, stöberte bis spätnachts in den eleganten Buchläden auf der Charing Cross

Road nach unbekannten Romanen, kaufte mir in Chinatown ein paar Glückskekse, spazierte sonntags mit Eve durch die Hügellandschaften des Hampstead Heath Parks und besuchte natürlich alle altehrwürdigen Stadien der Stadt, war an der White Heart Lane in Tottenham, bei Arsenal im Highbury, im Upton Park bei West Ham und an der Stamford Bridge in Chelsea. Die Stadien der Spurs und von Arsenal lagen, wie der Hampstead Heath Park, in der Nähe von Eves Wohnung. Wenn ich für ein Spiel oder über Nacht mit dem roten Doppeldeckerbus zu ihr fuhr, verwandelten sich die Moscheen vom East End allmählich in die Synagogen von Hackney. Vom oberen Busfenster aus sah ich, oft durch hinabrinnende Regentropfen getrübt, die orthodox-chassidischen Juden des Viertels mit ihren schwarzen Mänteln, großen dunklen Hüten, langen Bärten und Schläfenlocken unten auf der Straße von Geschäft zu Geschäft eilen. Ich erinnerte mich an die jüdischen Besucher vor unserem Haus in Rexingen. Bei der Fahrt durch Hackney schnürte mir der Gedanke daran, dass mein Vater ein Nazi gewesen war, die Kehle zu. Robert hätte London mit seinen vielen verschiedenen Religionen, Kulturen, Hautfarben und sexuellen Ausrichtungen wahrscheinlich gehasst. Ich hingegen verliebte mich Tag für Tag immer mehr in diesen urbanen Kosmos, in dem nahezu alles möglich zu sein schien.

Auch an der Uni lief es gut. Ich machte meine Scheine und wurde zum Abschluss zugelassen. Meine Bachelorarbeit schrieb ich über Amartya Sens vergleichende Analyse unterschiedlicher politischer Systeme am Beispiel der Bekämpfung von Hungerkatastrophen im demokratischen Indien und kommunistischen China. Ich schrammte knapp an der Bestnote vorbei und schloss mein Studium an der Guildhall University mit einem Upper Second Class Honours Degree ab.

31

Mutter bestand darauf, zur Abschlussfeier zu kommen. Marianne war natürlich auch eingeladen, nach Roberts Tod hatte sie jedoch gesundheitlich stark abgebaut und fühlte sich zu schwach für die lange Reise. Ich erfuhr erst später, dass sie damals schon Krebs hatte. Mutter kam für eine Woche nach London. Es war im Grunde genommen unser erster gemeinsamer Urlaub. In den Sommerferien waren wir immer nur nach Maovice gefahren, wo ich sie aber kaum zu Gesicht bekam. Sie schrubbte tagelang die Wohnung, wusch die Wäsche in einem Bottich und kümmerte sich aufopferungsvoll um Oma und Opa, die beide sehr krank waren. Sie ließ einen Arzt kommen, übernahm die Rechnung für die Medikamente, heuerte Arbeiter an, die den Mais auf unseren Feldern ernteten. Sie kochte, kaufte einen Kühlschrank und ließ für einige Tausend Mark auf unserer Terrasse einen Brunnen bauen, damit Oma und Opa immer genügend Wasser im Haus zur Verfügung hatten. Natürlich war ich mit alledem einverstanden. Es war nur so, dass sie in Maovice und in Frankfurt immer nur am Arbeiten war. Als Kind hatte ich sie angebettelt, wenigstens einmal mit mir für ein paar Tage ans Meer oder sonst wohin zu verreisen. Das wäre kein großes Ding gewesen. Als Antwort bekam ich von ihr nur zu hören, dass sie keine Zeit habe und wir uns das nicht leisten könnten. Und später, als sie das Haus an der Adria gekauft hatte, war ich es, der nicht mehr wollte.

Sie flog nach London und wohnte bei mir in meinem kleinen Studentenzimmer, um Geld zu sparen. Abends machte ich ihr eine Tasse Tee und morgens holte ich uns in der Brick Lane frische Bagels zum Frühstück. Ich bat Cathy darum, aus Respekt vor meiner Mutter in dieser Woche etwas leiser als sonst zu sein. Sie versprach es und hielt sich erstaunlicherweise sogar daran.

Ich zog mit Mutter das volle Touristenprogramm durch: Wir besichtigten die Tower Bridge, Saint Paul's Cathedral, den Trafalgar Square, Piccadilly Circus, Downing Street No. 10, Westminster Abbey, den Buckingham Palace und aßen mittags zur Stärkung während unserer Tagesausflüge an irgendeiner Imbissbude deftige Cornish Pasties oder Fish and Chips mit Salt and Vinegar. Sie war glücklich, war wie ausgewechselt. Als wir vor den Eisentoren des königlichen Palastes standen, klatschte sie in die Hände und sprang vor Begeisterung in die Luft.

»Alem, niemals hätte ich mir vorstellen können, dass ich mal die Königin von England besuche.«

Ich schmunzelte.

»Mama, sie ist sogar die Queen des gesamten Vereinigten Königreichs, und na ja, wir besuchen sie ja nicht wirklich.«

Sie lächelte, machte sich noch schnell die Haare zurecht und drückte mir aufgeregt den Fotoapparat in die Hand.

»Papperlapapp. Komm, mach ein Foto von deiner Mutter bei der Königin von England.«

Die eindrucksvollen Brücken über die Themse, die roten Telefonhäuschen, die schwarzen Taxis und der weithin hörbare Glockenschlag von Big Ben: Sie liebte einfach alles an London. Das nahm teilweise abstruse Züge an. Einmal liefen wir durch die Oxford Street im Zentrum der Stadt. Der Verkehr staute sich zu einem ohrenbetäubenden Gewirr. Sie blieb stehen, atmete tief ein und strahlte über beide Backen.

»Und die Luft ist hier so gut. Diese Luft ist einfach nur fantastisch.«

Ich sah sie entgeistert an. London war zu diesem Zeitpunkt die wahrscheinlich am stärksten mit Abgasen und anderen Schadstoffen verseuchte Stadt in ganz Europa. Allein schon der ungefilterte schwarze Ruß aus den Auspuffen der roten Doppeldeckerbusse, dem man täglich ungeschützt ausgesetzt war, entsprach vermutlich zwanzig tief inhalierten Zigaretten. Wir standen immer noch in der Oxford Street. Die dunklen Wolken der ratternden Motoren stachen uns in die Nase. Ich lächelte, zuckte mit den Schultern.

»Hast recht, Mutter. Die Luft in London ist definitiv eine der besten der Welt.«

Am vorletzten Abend ihres Besuchs fand die Abschlussfeier statt. Die vorgeschriebene schwarze Robe mit viereckigem Bachelorhut kostete für einen Tag über hundert Pfund Leihgebühr. Ich fand das absurd und wollte nicht hingehen. Aber Mutter war nicht zu bremsen und legte das Geld ohne mit der Wimper zu zucken auf den Kassentresen des Kleidungsgeschäfts. Ich zog ein weißes Hemd an, band mir eine schlichte Krawatte um und fühlte mich in der Robe und dem dusseligen Hut wie ein neureicher Schnösel. Aber gut, wenn es Mutter so gefiel. Die Feier fand in einer großen Kongresshalle im Barbican Centre in der City of London statt. Wir waren früh dran und bekamen zwei Plätze ziemlich weit vorn in der vierten oder fünften Reihe zugewiesen. Als ich, nachdem viele Reden gehalten worden waren, endlich oben auf der Bühne vom Dekan meine Urkunde überreicht bekam, sah ich, wie Mutter die Tränen übers Gesicht liefen. Sie war so unglaublich stolz und glücklich, und ich war es auch, weil ich ihr dort oben auf der Bühne in schwarzer Robe und mit dem Zertifikat über meinen Universitätsabschluss in den Händen einen kurzen Moment der Sorglosigkeit ermöglicht hatte.

32

Ich wäre gerne in London geblieben, konnte mir aber das Leben dort ohne Stipendium schlicht nicht leisten. Darüber hinaus fehlten mir noch ein paar Semester bis zum Diplom. Nach all den abwechslungsreichen Eindrücken im East End wollte ich jedoch nicht mehr zurück in das überschaubare München, brauchte mehr Widerstand, mehr Geschwindigkeit und zog nach Berlin, um dort an der Freien Universität mein Studium zu beenden. Mein neues Zimmer, ganze dreizehn Quadratmeter groß, befand sich, neben vielen anderen Wohneinheiten, in der siebten Etage eines ziemlich hässlichen Studentenwohnheims aus den Siebzigerjahren am Rand des Tiergartens, kostete nur hundertachtzig D-Mark Warmmiete pro Monat und hatte einen schmalen Balkon, von dem aus ich die halbe Stadt von West nach Ost überblicken konnte. Zu sehen waren die im Zweiten Weltkrieg schwer beschädigte Gedächtniskirche am Ku'damm; die goldene Siegessäule, um die herum einmal im Jahr hunderttausend Feiernde farbenfroh und ausgelassen zu den hämmernden Klängen des Techno auf der Loveparade tanzten; die weit verzweigten Grünflächen und je nach Jahreszeit mal mehr und mal weniger dichten Baumkronen des Tiergartens; die vielen riesigen Kräne auf dem allmählich in die Höhe schießenden Potsdamer Platz, die durch ihre langsamen Richtungswechsel Tag für Tag einen geradezu surrealen Tanz der Maschinen aufzuführen schienen; und der Fernsehturm auf dem Alexanderplatz, auf dessen stählernen Kugel sich bei jedem Sonnenuntergang ein christliches Kreuz abzeichnete, was die Kommunisten vor dem Fall der Mauer zur Weißglut getrieben haben musste. Es gab mehrere Gemeinschaftsduschen auf unserer Etage und eine Küche, aus deren Kühlschrank mir ständig von meinen Mitbewohnern die Lebensmittel geklaut wurden. Es war eine ziemlich nüchterne Zweckgemeinschaft: Jeder verschwand so schnell wie möglich in seinen eigenen vier Wänden und kümmerte sich kaum um den anderen. Aber die grandiose Aussicht entschädigte für vieles.

Berlin begann alles andere als gut für mich. Sieben Wochen nach meinem Umzug rief mich meine Schwester Maxi an. Marianne hatte den Kampf gegen den Krebs verloren und lag im Sterben. Ich fuhr sofort nach Rexingen, rang im Zug mit den Tränen, lief in der Einfahrt an unserem metallicroten BMW vorbei, starrte im Wohnzimmer auf den leeren Ohrensessel, in dem sie immer mit angewinkelten Beinen bis spät in die Nacht Kreuzworträtsel gelöst hatte, ging ins Schlafzimmer, sah ihren gebrechlichen und ausgemergelten Körper, hielt noch ein letztes Mal ihre Hand, spürte ihre liebevolle Wärme und verabschiedete mich ganz leise von ihr. Am darauffolgenden Morgen lag sie mit weit aufgerissenen Augen tot in ihrem Bett.

Am Tag ihres Begräbnisses regnete es in Strömen. Zwischen den dichten Regentropfen tauchten unzählige Erinnerungen auf, von denen mir eine beinahe das Herz brach: Dušan hatte mir in Frankfurt aus reiner Boshaftigkeit mein Panini-Sammelalbum für die Weltmeisterschaft 1982 in Spanien weggenommen. Ohne Album, für das mir, um es komplett zu haben, nur noch ein Stürmer aus Honduras fehlte, fuhr ich zurück zu den Behrens. Ich war acht Jahre alt, hatte mein gesamtes Taschengeld für die Bildchen ausgegeben, war verzweifelt und unglaublich wütend auf Dušan. Er konnte mich demütigen, mich schlagen, aber den Fußball ließ ich mir nicht von ihm nehmen. Marianne protestierte energisch bei Smilja. Ich bekam mein Album per Post zurückgeschickt und freute mich riesig. Aber es kam noch besser. Am nächsten Mittag rief mich Marianne in den Garten. Es war ein strahlend schöner Sommertag. Sie trug eine Sonnenbrille, rauchte eine ihrer langen M&M-Zigaretten, saß mit angewinkelten Beinen auf einem Gartenstuhl, kramte ihren Geldbeutel hervor, den sie immer mit nach draußen nahm, um uns Kinder das ein oder andere Eis zu spendieren, und drückte mir einen Zehnmarkschein in die Hand: »So, Alemchen, und jetzt kaufst du dir mit diesem Geld noch viele Päckchen. Wäre doch gelacht, wenn wir diesen Stürmer aus Honduras nicht auch noch bekommen.«

Zehn Mark waren damals unbeschreiblich viel Geld für mich. Marianne verabscheute Fußball und war zudem eine sehr sparsame Frau. Ich sah sie ungläubig an: »Wirklich?«

Sie schmunzelte: »Ach, Alemchen, manchmal muss man auch unvernünftig sein. Aber das kannst du noch nicht wissen. Und jetzt ab mit dir, los, kauf deine Bildchen.«

Ich kam mit den Päckchen zurück und riss sie erwartungsfroh im Garten vor ihrem Stuhl auf. In der neunten Packung lag endlich der Stürmer aus Honduras. Ich klebte das Bild in das Album, ließ mich unbekümmert in ihre Arme fallen und weinte vor Glück. Gemeinsam hatten wir das Böse besiegt.

Mein ältester Bruder Bert hielt die Trauerrede, die Regentropfen prasselten auf meinen schwarzen Schirm, ich schluchzte hemmungslos, warf ein wenig Erde in das Grab und flüsterte ihr ein letztes Mal zu.

»Danke, Marianne. Danke für alles, was du für mich getan hast. Ich werde dich vermissen. Ach, scheiße, Marianne. Es tut so weh. Es tut so unglaublich weh!«

Ich blieb noch zwei weitere Tage in Rexingen. Der Mietvertrag für das Haus wurde von meinen Geschwistern zum nächstmöglichen Termin gekündigt. Das Elternhaus, in das ich immer hatte zurückkehren können, würde schon bald nicht mehr existieren. Es war, als ob ein Teil meiner Vergangenheit mit Marianne einfach von der Bildfläche verschwand. Schon am Morgen nach der Beisetzung begannen meine Geschwister damit, die Gegenstände im Haus untereinander aufzuteilen. Ich konnte nicht begreifen, wie sie so kaltherzig sein konnten. Dabei waren sie es gar nicht, sondern gingen die Sache lediglich pragmatisch an. Nach Durchsicht der Finanzen mussten sie sogar noch ein paar Tausend D-Mark Schulden begleichen, die ihnen Robert und Marianne hinterlassen hatten. Ich brauchte mich nicht daran zu beteiligen, da ich als Student kein Geld besaß. Es gab keinen Streit über den Nachlass. Jeder nahm Rücksicht auf den anderen. Auch ich wollte nicht viel, nahm mir nur ein Dutzend vergilbte Fotos aus dem Familienalbum, ein paar Romane aus dem Bücherregal, die ich als Jugendlicher gelesen hatte, und den kleinen Keramikspatz aus der Glasvitrine, den ich ihr zum neunundfünfzigsten Geburtstag geschenkt hatte und dem inzwischen der Schwanz fehlte. Ich fuhr zurück nach Berlin. Den Spatz mit dem abgebrochenen Schwanz stellte ich auf meinen Schreibtisch. Ich sah ihn jeden Tag und liebte ihn sehr.

In den kommenden Monaten haderte ich damit, so früh im Leben meinen Vater und meine Mutter – denn das waren Robert und Marianne weit mehr noch als Emir, Smilja oder gar Dušan immer für mich gewesen – verloren zu haben. Von meinen Geschwistern, die mit ihren Familien in süddeutschen Vororten wohnten, größtenteils Karriere in der Motorradbranche machten und sich nicht sonderlich für all die Zweifel und Unstimmigkeiten des Lebens interessierten, fühlte ich mich im Stich gelassen. Ohne unsere Eltern hatten wir keine gemeinsame Gesprächsgrundlage mehr, verloren uns allmählich aus den Augen und sahen uns nur noch sporadisch auf Familienfesten, bei denen ich kaum etwas über mich preisgab. Ich wollte sie, die ganz andere Sorgen hatten, nicht mit Dingen behelligen, die ihnen sowieso fremd gewesen wären, legte mir eine Schutzschicht zu, vergrub mich mal wieder in die Welt der Bücher und ließ auch Eve, mit der ich seit meinem Umzug nach Berlin wieder eine Fernbeziehung führte, nicht wirklich in mein Inneres blicken.

33

Langsam ließ der Schmerz nach. Ich konzentrierte mich wieder voll und ganz auf das Studium. Meine Diplomarbeit schrieb ich 1999 über die Erfindung von Nationen im westlichen Balkan, während die NATO unter Beteiligung der neuen rot-grünen Regierung das für die Kriege im ehemaligen Jugoslawien maßgeblich verantwortliche Serbien endlich, aber viel zu spät im Rahmen des Kosovo-Konfliktes bombardierte. Ich verschlang unzählige Studien, war unglaublich ehrgeizig, verteidigte meine Diplomarbeit mit Bravour und schloss mein Studium als Jahrgangsbester ab.

Mein Professor Karl Ahlenfelder, ein renommierter Wissenschaftler im Bereich der Sozialphilosophie und soziologischen Theorie, bei dem ich meine Diplomarbeit geschrieben hatte, wollte mich daraufhin unbedingt für die akademische Laufbahn gewinnen. Er rief mich in sein Büro.

»Nehmen Sie bitte Platz, Herr Grabovac. Mir hat Ihre Diplomarbeit außerordentlich gut gefallen. Sie sind ein geborener Forscher und stellen die richtigen Fragen. Ich hoffe, dass Sie das jetzt nicht als anmaßend empfinden, aber ich habe meine Kontakte spielen lassen und für Sie, falls Sie sich mit Herrn Professor Brinkmann einig werden, an der Universität Hamburg bereits zum nächsten Semester eine Doktorandenstelle arrangiert. Ich glaube ganz einfach an Ihr Talent und habe mir erlaubt, Ihren Lebensweg möglicherweise ein wenig zu beeinflussen. Wie dem auch sei. Hier ist die Telefonnummer von Professor Brinkmann. Ich habe Sie ihm wärmstens empfohlen. Rufen Sie ihn bitte umgehend an. Ich würde es sehr begrüßen, wenn Sie, Herr Grabovac, der Soziologie auch weiterhin erhalten bleiben würden.«

Ich telefonierte mit Professor Brinkmann. Seine Forschungsschwerpunkte lagen in der Soziologie von Krieg und Gewalt und dem Wertewandel in modernen Gesellschaften. Das waren genau meine Themen. Sein Angebot war großartig: Ich würde über drei Jahre hinweg knapp zweitausend D-Mark im Monat verdienen und neben der Arbeit am Lehrstuhl und in der Forschung genügend Zeit für meine Dissertation haben. Er gab mir zwei Wochen Bedenkzeit.

Ich fühlte mich geschmeichelt, war euphorisiert und konnte mein Glück kaum fassen. Aber sah ich in der Wissenschaft wirklich meine Zukunft? Ich rief Mutter an und erzählte ihr von dem Angebot. Sie war sehr aufgeregt: »Alem, das ist doch wunderbar. Weshalb denkst du überhaupt darüber nach? Du bekommst Geld, wirst Wissenschaftler, hast einen sicheren Job, gründest eine Familie und wirst irgendwann vielleicht sogar Professor. Du musst die Stelle sofort annehmen.«

Ja, weshalb dachte ich überhaupt noch darüber nach? Aber alles kam mir zu geradlinig und zu vorhersehbar vor. Ich war erst fünfundzwanzig, hatte durch den frühen Tod von Marianne und Robert begriffen, wie schnell alles vorüber sein konnte, wollte mich noch ausprobieren und hatte darüber hinaus das Gefühl, dass die Wissenschaft im Vergleich zur Literatur, die ich immer noch liebte, zu vielen formalen und bürokratischen Zwängen unterlag. Schon als Jugendlicher, als ich Hesse, Camus, Hemingway, Kafka und Dostojewski gelesen hatte, war in mir der Wunsch erwacht, eines Tages selbst Schriftsteller zu werden. Und zu erzählen hatte ich doch auch etwas. Aber war dieser Wunsch für jemanden, dessen Mutter Akkord am Fließband in einer Fabrik arbeitete und nahezu alles für den sozialen Aufstieg ihres Sohnes getan hatte, nicht geradezu unverantwortlich, töricht, naiv, vermessen und größenwahnsinnig? Ich überlegte hin und her, wollte mir nicht irgendwann vorwerfen, es nicht wenigstens versucht zu haben, und entschied mich schließlich dazu, etwas im Leben zu riskieren. Ich sagte Professor Brinkmann in Hamburg ab. Als ich Mutter davon erzählte, brach für sie eine Welt zusammen. Sie dachte, ihr Sohn sei verrückt geworden.

34

Im Februar 2000 zog ich in den Prenzlauer Berg. Im Osten der Stadt, in der untergegangenen DDR, gab es noch genügend unsanierten und dadurch auch bezahlbaren Wohnraum. Meine neue Wohnung – zwei Zimmer, 68 Quadratmeter, 435 D-Mark im Monat, linker Seitenflügel, vierter Stock, hohe Decken, maroder Dielenboden, verrostete Toilette und uralter Kohleofen – lag in einem Altbau mit rußgeschwärzter Hausfassade, in der man noch die Einschusslöcher der Roten Armee aus dem Zweiten Weltkrieg erkennen konnte. Die Gegend, in der ich wohnte, wurde LSD-Kiez genannt. Das war eine Abkürzung für die angrenzenden Straßen Lychener, Schliemann und Duncker und drückte zugleich den hohen Drogenkonsum im Viertel aus. Es gab viele Kneipen und illegale Kellerpartys, das Leben in den Straßen war laut, dreckig und wild. Es schien mir die perfekte Umgebung für einen angehenden Schriftsteller zu sein.

Mutter hingegen war entsetzt. Als sie mich im Sommer zum ersten Mal in der Wohnung besuchte, stand ihr der Schrecken ins Gesicht geschrieben.

»Alem, das ist eine Katastrophe. Du lebst wie ein Penner. Ich habe alles dafür getan, dass du es einmal besser hast als ich. Und nun das. Was ist nur in dich gefahren?«

»Mach dir keine Sorgen, Mama. Ich weiß, was ich tue. Ich habe einen Plan.«

»Einen Scheiß hast du, Alem. Du hast den sicheren Job als Doktorand in Hamburg weggeschmissen und wirst niemals von deinem Schreiben leben können. Du bist vollkommen verrückt geworden.«

»Nein, bin ich nicht. Und wenn überhaupt, bist es eher du, die aus lauter Angst ihr Leben, wie du es gerade so treffend formuliert hast, weggeschmissen hat. Immer hattest du Angst, Mama. Angst vor einem Unfall. Angst vor Krankheiten. Angst vor Armut. Angst vor den Nachbarn. Angst, etwas Falsches zu sagen. Angst, niemandem zu genügen. Angst vor Dušan. Angst vor der Zukunft. Da spiele ich nicht mit. Ich habe keine Lust auf deine gottverdammte Angst. Verstehst du das?«

Verärgert schüttelte sie den Kopf und versuchte mir ein schlechtes Gewissen einzureden.

»Was faselst du da von Angst? Ich bin allein nach Deutschland gekommen und musste auf alles verzichten. Ist das der Dank dafür, dass ich dir durch meine harte Arbeit das Abitur und das Studium ermöglicht habe? Weshalb suchst du dir keinen anständigen Job?«

Enttäuscht fuhr sie zurück nach Frankfurt und überwies mir dennoch, obwohl ich sie nicht darum gebeten hatte, monatlich hundert D-Mark auf mein Konto. Vermutlich dachte sie, dass ich ansonsten verhungern würde. Das wäre überhaupt nicht nötig gewesen. Ich arbeitete bereits seit ein paar Wochen als kulinarisch-kultureller Stadtführer für ein kontinuierlich wachsendes Berliner Start-up-Unternehmen. Für die Arbeit musste ich nur ein dickes Manuskript über die Geschichte des Prenzlauer Bergs und alles zu den Kostproben, die die Gäste auf der Tour bekamen, auswendig lernen. Nach zwei Probetouren hatte ich den Job. Mittwochs, donnerstags, freitags und samstags führte ich maximal sechzehn Touristen für drei Stunden durch mein Viertel. Ich erzählte ihnen allerlei Anekdoten über den Prenzlauer Berg, zum Beispiel dass es hier um die Jahrhundertwende vierzehn riesige Brauereien gegeben hatte, es ein sehr armer Arbeiterbezirk war, in dem sich die Menschen aus existenzieller Not im dritten Hinterhof je nach Schicht sogar das Bett teilen mussten, die meisten Gebäude im Stil des Späthistorismus zwischen 1871, als viel Geld in das neu gegründete Deutsche Reich mit Berlin als Hauptstadt floss, und 1914, als der Erste Weltkrieg begann, erbaut worden waren, und natürlich vom LSD-Kiez, den sie mit einem prickelnden Schauder zur Kenntnis nahmen. Zwischen meinen Ausführungen bekamen sie von ausschließlich kleinen inhabergeführten Geschäften, die in bereits schickeren Gegenden rund um den Kollwitzplatz und der Kastanienallee lagen, Tahiti-Vanille-Popcornkreationen, toskanische Focaccia mit feinem Olivenöl und Cherrytomaten, die klassische Berliner Currywurst mit Pommes, dampfgegarte nepalesische Teigtaschen mit Gemüse- oder Fleischfüllung und orientalisch interpretierte Tacos auf Seitanbasis serviert. Die Gäste waren begeistert und das Trinkgeld üppig. Die Arbeit war nicht anstrengend, gut bezahlt und ließ mir genügend Freiraum zum Schreiben.

Ich war besessen von der Idee, mich als Schriftsteller durchzusetzen. In den ersten zwei Jahren machte ich mir Notizen, konzipierte mein Manuskript, kannte alle Antiquariate im Umkreis von zehn Kilometern, feilschte um den Preis jedes Buches, meinte es verdammt ernst mit der Literatur. Ich erforschte die Klassiker ebenso wie die Avantgarde, wollte von den anderen lernen, las und studierte die magischen Erfahrungsräume von Gabriel García Márquez, Adalbert Stifters epische Langsamkeiten, die intellektuellen Labyrinthe von

Jorge Luis Borges, Jean Genets Schilderungen von roher körperlicher Gewalt, die Schimpftiraden von Thomas Bernhard, Fernando Pessoas poetische Selbstbefragungen, die leidenschaftlichen Gefühlsausbrüche von Marina Zwetajewa, Juan Carlos Onettis geheimnisumwitterte Geschichten aus der Stadt Santa Maria, die stillen Umkreisungen der Liebe von Marguerite Duras, Peter Handkes heilige Naturbeschwörungen, die enzyklopädisch ineinander verschachtelten Konspirationen von Thomas Pynchon und Marcel Prousts virtuose Erinnerungslandschaften. Ich arbeitete unermüdlich, kämpfte mich durch unterschiedliche Satzkonstruktionen, Sprachrhythmen, Handlungsanordnungen und Erzählperspektiven hindurch, suchte nach meinem eigenen Stil, sah zwar, wie am 11. September 2001 zwei Passagierflugzeuge ins World Trade Center flogen, kümmerte mich aber nicht weiter darum, vergrub mich immer tiefer in die Literatur und entfremdete mich zunehmend von Eve.

Sie arbeitete mittlerweile für eine Filmproduktionsfirma in London, verdiente gutes Geld und wollte unbedingt eine Familie gründen. Ich fühlte mich noch nicht bereit für diesen großen Schritt. Es erschien mir sogar geradezu absurd, jetzt schon Vater zu werden. Eve hingegen war fest entschlossen in ihrem Kinderwunsch. Wir stritten immer häufiger, besuchten uns immer seltener, fanden nicht mehr zueinander und trennten uns schließlich im Frühjahr 2002.

Kapitel 5

Braco, der Wunderheiler

35

Meine Mutter schien, während ich in Berlin an meinem Manuskript arbeitete, trotz oder gerade wegen ihrer großen Enttäuschung über meinen eingeschlagenen Weg gefestigt und voller Tatendrang zu sein. Bei einem meiner seltenen Besuche in Frankfurt überraschte sie mich sogar mit einer weitreichenden Entscheidung. Dušan war nicht da, war irgendwo auf Montage. Wir schauten uns im Fernsehen ein unbedeutendes Fußballspiel an. In der Halbzeitpause stellte sie den Ton leiser und sah mich plötzlich ernst an.

»Ich muss etwas mit dir besprechen. Ich hätte die Möglichkeit, eine schöne Wohnung in Frankfurt zu kaufen. Drei Zimmer plus Balkon. Slavica, eine liebe Arbeitskollegin, hat mir davon erzählt. Ist ein Neubau in der Rothschildallee. Die Wohnung liegt auf ihrer Etage und steht zum Verkauf. Der Preis ist wirklich in Ordnung, Slavica wäre meine Nachbarin und die Lage ist gut. Dafür müsste ich allerdings unser Haus in Kaštel Stari verkaufen und zusätzlich noch einen kleinen Kredit aufnehmen. Weißt du, du hast dein Leben in Deutschland. Du wirst wahrscheinlich niemals nach Kroatien ziehen. Und Dušan und ich werden auch nicht zurückkehren. Wir werden langsam alt und fühlen uns inzwischen heimisch in Frankfurt und die medizinische Versorgung ist hier viel besser als in Serbien oder in Kroatien. Dort unten funktioniert nichts, gar nichts. Es ist also so: Ich möchte unser Haus verkaufen. Was sagst du dazu? Bist du einverstanden?«

Ich war perplex. Hatte sie gerade wirklich, so ganz nebenbei, ihren großen Traum, mit Dušan, mir und den Enkelkindern ihren Lebensabend im eigenen Haus am Meer zu verbringen, aufgegeben? Ich holte mir ein Glas Rotwein aus der Küche und nahm einen kräftigen Schluck.

»Hat meine Trennung von Eve etwas damit zu tun?«

»Nein. Aber Eve war eine gute Frau. Es war ein Fehler von dir, keine Familie mit ihr zu gründen.«

»Vielleicht, Mama, vielleicht. Aber das war meine Entscheidung. Ich bin jedenfalls noch nie ein Fan von diesem Haus gewesen. Das weißt du doch. Du hast alles in unserem Leben diesem gottverdammten Haus untergeordnet. Immer musstest du sparen, hattest nie Zeit oder Geld, um etwas mit mir zu unternehmen. Wir sind nicht einmal gemeinsam in den Urlaub gefahren. Nicht ein einziges Mal, Mama. Das Haus war dir immer wichtiger, und das, obwohl ich dir von Anfang an gesagt habe, dass ich niemals mit dir dort leben werde. Davor hast du die Augen verschlossen. Das wolltest du nie wahrhaben.«

»Ja, aber Menschen und Pläne können sich im Alter ändern.«

»Und jetzt denkst du, dass ich mich nicht mehr ändern kann?«

»Du bist sehr stur, Alem. Ich mache mir große Sorgen um dich. Du wirst eines Tages wie ein Penner auf der Straße landen.«

»Mama. Lass das sein. Wir haben schon hundertmal darüber gesprochen. Ich werde es schon irgendwie schaffen. Und ja, die Wohnung in Frankfurt wäre doch super. Das Haus verschlingt nur Geld und steht seit vielen Jahren leer. Du willst es ja nicht einmal vermieten. Was hast du schon davon? Ja, verkauf das Haus für die Wohnung. Dann bist du hier abgesichert, musst nie mehr Miete zahlen, hast die besten Ärzte in deiner Nachbarschaft, und ich wohne wahrscheinlich auch nicht so weit weg von dir. Aber was sagt eigentlich Dušan dazu?«

»Er weiß nichts von meinen Plänen. Er glaubt immer noch, dass er zurück in sein Haus nach Kačarevo gehen wird. Aber das kann er sich abschminken. Er wird auch in Frankfurt bleiben. Denkst du also wirklich, dass die Wohnung in Frankfurt eine gute Idee ist?«

»Ja. Auf jeden Fall.«

Die zweite Halbzeit begann. Sie stellte den Ton wieder lauter und lehnte sich zufrieden im Sessel zurück.

»Gut, mein Sohn. Dann machen wir es so.«

Drei Monate später verkaufte meine Mutter das Haus in Kaštel Stari an einen Geschäftsmann aus Split und erwarb kurze Zeit darauf die Immobilie in der Rothschildallee im aufstrebenden Nordend. Es war ein Neubau aus den Sechzigerjahren ohne Aufzug, die Wohnung lag im dritten Stock, die Decken waren niedrig, die Zimmer und das Bad renovierungsbedürftig. Obwohl Dušan auf dem Bau arbeitete, verbot sie ihm, dort auch nur einen Nagel einzuschlagen. Das war ihre Wohnung, ihr Geld und ihre Zukunft. Sie hatte immer darauf geachtet, finanziell unabhängig von ihm zu bleiben, und wollte ihm unter keinen Umständen irgendeinen Gefallen schulden. Auf mich konnte sie auch nicht zählen, weil ich in Berlin wohnte und außerdem in handwerklichen Dingen vollkommen unbegabt war. Sie machte sich an die Arbeit, zeichnete Pläne, kalkulierte die Kosten, beauftragte Handwerker, kontrollierte den Fortschritt der Arbeiten und richtete schließlich, nachdem alles vollständig renoviert war, die Zimmer ganz nach ihren Wünschen ein. Erst als die letzte Glühbirne in die Fassung gedreht war, durfte Dušan die Wohnung betreten.

Ich hatte sie bereits gesehen. Es war eine sehr schöne und auch moderne Wohnung geworden. Aber wie würde Dušan reagieren? Als sie mit ihm in die Rothschildallee fuhr, war sie aufgeregt und stolz zugleich. Zitternd öffnete sie die Eingangstür. Sie liefen die Treppen hinauf. Er drehte sich mürrisch zu ihr um.

»Du hast nicht nachgedacht, Smilja. Es gibt keinen Aufzug. Wenn wir alt sind, könnte das ein großes Problem für uns werden.«

Angespannt führte sie ihn durch die Zimmer. Er stand in der Küche, die sie ausschließlich mit hochwertigen Küchengeräten und Einbauschränken ausgestattet hatte.

»Ganz schön klein und eng hier.«

Er blickte aus dem Schlafzimmerfenster mit dem noch unberührten Bett und dem neuen großen weißen Wandschrank auf die viel befahrene Rothschildallee hinab.

»Zu viele Autos. Das ist nicht gut. Wie sollen wir bei diesem Lärm schlafen?«

Er öffnete die Balkontür, sah den Hinterhofgarten mit den hohen Linden und Pappeln, trat auf den Holzboden.

»Die Bretter sind morsch. Muss noch einiges gemacht werden.«

Er setzte sich selbstgefällig auf die schwarze Ledercouch im Wohnzimmer, legte seinen Samson-Tabak auf den Glastisch, hinter dem ein nagelneuer Fünfundsechzig-Zoll-Fernseher stand, und drehte sich eine Zigarette.

Meine Mutter hatte genug gehört. Sie sah ihn mit hochrotem Kopf an.

»Das muss ich mir von dir nicht gefallen lassen. Ich finde, dass alles sehr schön geworden ist. Dušan, du musst hier nicht einziehen. Dann bleib doch in der alten Wohnung mit den verkalkten Wasserhähnen, der kaputten Matratze und den vergilbten Wänden. Ist mir doch egal.«

Sie war zornig, zeigte auf den Tabak.

»Und eines sage ich dir, falls du hier einziehen möchtest, gibt es noch etwas, das dir nicht gefallen wird. Du darfst dann nur noch auf dem Balkon rauchen. Ich habe nämlich die Schnauze gestrichen voll von deinem scheiß Zigarettengestank.«

Dušan sah sie erstaunt an. So energisch und selbstbewusst hatte er sie selten erlebt. Er versuchte sie in die Arme zu nehmen. Sie wich zurück.

»Jetzt sei doch nicht gleich so eingeschnappt. Ich habe es doch nicht böse gemeint. Die Wohnung ist sehr schön geworden. Das hast du gut gemacht. Das hast du richtig gut gemacht, meine kleine Smilja.«

Sie schmollte ein wenig, war dann aber glücklich darüber, dass er sie doch noch für die Wohnung gelobt hatte.

Natürlich zog Dušan in die Rothschildallee ein. Er musste keine Miete zahlen und sich nur am Hausgeld beteiligen. Mutter kochte für ihn, hielt die Wohnung sauber und wusch auch noch seine Wäsche. Das tat sie gerne. Sie war zufrieden, hatte mehr Macht als zuvor und liebte ihn immer noch sehr. Er rauchte jetzt auf dem Balkon, richtete sich im Keller eine kleine Werkstatt ein, trug die schweren Wasserkästen nach oben, schaute abends mit ihr fern, trank kaum noch und kümmerte sich rührend um sie, wenn sie mal krank im Bett lag.

Ich hatte den Eindruck, dass sie mit sich und der Welt im Reinen war. Aber ganz so konnte es nicht gewesen sein. Sie musste schon damals eine Leere in sich empfunden haben, die sie allmählich in die Verzweiflung trieb.

36

Vera, eine mazedonische Arbeitskollegin, erzählte meiner Mutter eines Tages in der Werkskantine, dass sie manchmal zu einem kroatischen Wunderheiler namens Braco fuhr, der allein durch seinen Blick Körper und Seele der Menschen heilen konnte. Meine Mutter horchte auf, war sofort interessiert. Sie litt schon lange unter Schlafstörungen und bekam hin und wieder, ohne jeglichen Anlass, heftige Schweißausbrüche. Mitunter überfiel sie in der U-Bahn oder auf der Zeil eine Angst, die sie sich nicht erklären konnte. Mit Schwindelgefühlen und zittrigen Händen ging sie dann so schnell wie nur möglich nach Hause. Sie schämte sich für ihre Angstzustände und sprach mit niemandem darüber. Auch ich wusste nichts davon. Vielleicht war dieser Wunderheiler ja die Lösung für all ihre Probleme? Vera schien ihre Gedanken erraten zu haben. Sie legte Messer und Gabel zur Seite und sah sie neugierig an.

»Komm doch einfach mal mit, Smilja. Das wird bestimmt lustig.«

Meine Mutter wischte sich mit der Serviette einen Klecks Jägersoße aus dem Mundwinkel.

»Ja, warum auch nicht.«

Schon ein paar Wochen später, Anfang April, fuhren sie an einem Samstagmorgen mit dem Zug zu einer Veranstaltung von Braco nach Köln. Vera war klein, etwas mollig, hatte eine breite Nase, lockiges schwarzes Haar und war – was nicht auf alle Frauen in der Fabrik zutraf – eine zuverlässige und fleißige Kollegin. Weil sich ihr monatlicher Lohn unter anderem nach der erreichten Stückzahl richtete, arbeitete meine Mutter sehr gerne an der Werkbank mit ihr zusammen. Vor ein paar Jahren war Veras Mann Filip an einem Herzinfarkt gestorben. Sie hatte drei erwachsene Söhne, die bereits verheiratet waren und in anderen Städten lebten. Obwohl meine Mutter Vera nicht besonders nahestand, besuchten sie nach Filips Tod oft gemeinsam die Kirche, um für das Seelenheil des Verstorbenen zu beten. Für diese Geste des Mitgefühls war Vera meiner Mutter immer noch sehr dankbar.

Für die Fahrt hatten sie sich Proviant mitgenommen: Sie aßen belegte Brötchen und selbst gebackene Plätzchen und tranken dazu Kaffee aus der Thermoskanne. Es war ein typischer Apriltag: Strahlender Sonnenschein und nasskalter Schneeregen wechselten sich in den vorbeirauschenden Landschaften im Stundentakt ab. Auf halber Strecke wurde Vera ein wenig melancholisch.

»Weißt du, Smilja, ohne meine Söhne und Braco wäre ich niemals über den Verlust von Filip hinweggekommen. Er war ein guter Mann und so ein lieber Vater. Nach seinem Tod bin ich in ein tiefes, dunkles Loch gefallen. Du erinnerst dich. Wir waren damals zusammen in der Kirche, auch du hast mir geholfen. Aber erst Braco hat mir durch sein Licht wieder Kraft und Mut geschenkt. Wirst schon sehen, Smilja: Braco wird auch für deine Seele da sein.«

Meine Mutter nickte und blickte nachdenklich aus dem Zugfenster, gegen das gerade der Schneeregen peitschte. Danach ließen sie die ernsten Themen beiseite, sahen sich amüsiert Frauenzeitschriften an und sprachen über Mode, Kochrezepte und den neuesten Tratsch aus der Welt der

Schönen und Reichen. Sie lachten viel, und Mutter, deren Leben immer nur um die Arbeit und um Dušan kreiste, hatte ganz vergessen, wie gut es sich anfühlte, mit einer Freundin etwas zu unternehmen. Als sie am Kölner Hauptbahnhof ankamen, schien die Sonne so kräftig, dass sie sogar ihre Jacken ausziehen konnten. Vera erklärte meiner Mutter, dass alle Besucherinnen Blumen für Braco als Willkommensgeschenk mitbrachten. Beschwingt kauften sie in der Nähe des Doms jeweils einen bunten Strauß Rosen.

Der Veranstaltungsort war eine graue und ziemlich hässliche Mehrzweckhalle aus den Siebzigerjahren. Vor dem Einlass hatte sich bereits eine lange Warteschlange gebildet, in der überwiegend Frauen standen. Es wurde viel Serbokroatisch und Polnisch gesprochen, meine Mutter hörte aber auch, wie sich einige Besucherinnen auf Deutsch, Italienisch, Englisch und sogar Japanisch unterhielten. Sie war beeindruckt: Aus der ganzen Welt schienen all diese Menschen eigens für Braco angereist zu sein. Viele Besucherinnen hielten Rosen und andere Blumensträuße in ihren Händen, waren allem Anschein nach nicht zum ersten Mal bei einer seiner Veranstaltungen. Die Anspannung stieg. Was würde sie dadrin erwarten?

Die Eintrittskarte kostete fünf Euro. Als sie in einer ruhigen Ecke der Halle standen, erläuterte Vera meiner Mutter den Ablauf.

»Braco empfängt maximal hundertfünfzig Menschen pro Auftritt. Er steht nur wenige Minuten schweigend auf einem Podest. Danach muss er sich ausruhen und seine Kräfte sammeln. Eine Stunde später empfängt er die nächste Gruppe. Auf unserer Eintrittskarte steht Gruppe C. Das bedeutet, dass wir in ungefähr zwei Stunden an die Reihe kommen.«

Um sich die Zeit zu vertreiben, gingen sie zu den Info- und Verkaufsständen. Meine Mutter ließ sich von einer äußerst freundlichen Mitarbeiterin den Schmuck, die DVDs und Porträts von Braco zeigen, blätterte in seinen Büchern, übergab an einem eigens dafür aufgestellten Tisch, der bereits einem Blumenmeer glich, den bunten Rosenstrauß für Braco und sah, wie die Frauen aus der ersten Gruppe ergriffen und beseelt aus dem Veranstaltungsraum kamen. Sie wurde zusehends aufgeregter, ihre Handflächen begannen zu schwitzen.

Dann war es endlich so weit. Ihre Gruppe wurde über Lautsprecher aufgerufen. Einige Frauen drängten sich nach vorn, wollten Braco so nahe wie nur möglich kommen. Dieses egoistische Verhalten missfiel ihr. Aber sie versuchte, es nicht weiter zu beachten, und nahm auf einem Stuhl in einer der mittleren Reihen Platz. Vera saß direkt neben ihr. Als die Tür hinter dem letzten Gast geschlossen wurde, betrat ein Mann mit einem schönen grau melierten Bart die Bühne. Er trug einen gepflegten hellblauen Anzug, nahm ein Mikrofon in die Hand und sagte, dass niemand Bracos Heilkräfte ergründen könne. Er sprach viel über Bracos außergewöhnliche Gabe und fragte daraufhin die Teilnehmerinnen, welche Erfahrungen sie aus vorherigen Begegnungen mit Braco gemacht hätten. Eine ältere Dame mit olivgrüner Bluse erhob sich.

»Zwanzig Jahre habe ich unter einer fürchterlichen Migräne gelitten. Kein Arzt konnte mir helfen. Aber dann sah ich Braco und er hat mich von meiner Krankheit erlöst.«

Eine andere, etwas jüngere Frau ergriff danach das Wort.

»Mein gesamtes Leben habe ich unter schweren Depressionen gelitten. Erst als mich Bracos Licht erreichte, verschwand die Dunkelheit aus meiner Seele.«

Der Mann bestärkte die Berichte mit einem gerührten Kopfnicken.

Dann verließ er die Bühne. Eine Leinwand wurde aufgebaut und das Licht heruntergedimmt. Es folgte eine Filmvorführung. Meine Mutter sah, wie Braco friedlich und in sich gekehrt an einem weichen Sandstrand am Meer entlangspazierte. Sie war tief bewegt von seinem sanften Blick und konnte es kaum erwarten, ihm endlich leibhaftig zu begegnen.

Das Licht ging wieder an, die Leinwand wurde abgebaut und die Bühne für den großen Auftritt hergerichtet. Gefühlvolle Klaviermusik erklang aus den Lautsprechern. Alle erhoben sich von ihren Plätzen. Es wurde still. Braco betrat mit langsamen Schritten das weiß umhüllte Podest, das von zwei großen Vasen mit prächtigen weißen Lilien flankiert wurde. Er trug ein weißes Hemd, eine weiße Leinenhose und weiße Schuhe. Sein glattes seidenes Haar fiel geschmeidig auf seine Schulter. Er hatte ein gutmütiges Gesicht und warme braune Augen, aus denen Barmherzigkeit und Liebe sprachen. Seine Energie schien unermesslich zu sein. Einige Frauen hielten Fotos von Angehörigen in die Höhe, auf die sich seine heilende Kraft übertragen sollte, andere drehten wie zur Empfängnis die Handflächen nach oben und einige schwankten nach nur kurzer Zeit wie in Trance. Und dann geschah es: Bracos Blick richtete sich auf meine Mutter und traf sie direkt in ihrer Seele. Sie empfand grenzenlose Liebe, sah plötzlich ein unbeschreibliches Licht und begann ungehemmt zu weinen. Nach fünf Minuten verließ Braco den Raum. Sie stand wie angewurzelt da. Vera umgriff ihre Schulter.

»Komm, meine Liebe. Wir müssen gehen.«

Wie von Sinnen verließ sie den Saal. Sie fühlte sich leicht und befreit. Alle Last schien von ihr abgefallen zu sein.

37

Meine Mutter besuchte mit Vera noch viele Veranstaltungen von Braco. Ich bekam von alledem erst ungefähr ein Jahr später etwas mit, als ich Mutter für ein paar Tage in Frankfurt besuchte. Dušan war auf dem Flohmarkt unten am Mainufer. Ich suchte irgendetwas im Schlafzimmer und entdeckte auf der Kommode das gerahmte Porträt eines Mannes, den ich nicht kannte. Daneben lagen zwei Bücher auf Kroatisch, auf deren Umschlägen derselbe Mann abgebildet war. Die Titel lauteten: *Das Erste Buch der Genesung* und *Bracos Blick*. Ich nahm das Porträtbild in die Hand und ging damit zu Mutter ins Wohnzimmer.

»Wer ist das, Mutter?«

Sie nahm mir das Bild aus der Hand und stellte es behutsam auf den Tisch.

»Das ist Braco. Er hat mir und vielen anderen Menschen in der ganzen Welt sehr geholfen. Er ist ein herzensguter Mensch.«

»Du gehst zu einem Wunderheiler?«

Liebevoll blickte sie auf das Porträt von Braco.

»Nein, nein. Er sagt den Menschen nicht, was sie zu tun oder zu denken haben. Er steht einfach nur da und hilft ihnen mit seinem gebenden Blick.«

»Gebender Blick?«

»Ja, das verstehst du nicht. Aber seine Kraft ist wirklich da. Ich kann sie in meiner Seele spüren. Er schenkt so viel Liebe.«

Ich zog die Augenbrauen nach oben.

»Ist das eine Sekte?«

»Nein, natürlich nicht.«

Sie ging in die Küche, um uns einen Kaffee zu machen. Es war ein warmer Sommermorgen. Wir setzten uns nach draußen auf den Balkon. Die dichten Baumkronen der Hinterhofbäume sorgten für einen angenehmen Schatten. Eine Blaumeise kam angeflogen und pickte am Futterknödel, der in einem Netz am Balkongitter hing. Meine Mutter goss etwas Milch in ihren Kaffee.

»Dušan hat diese Knödel aufgehängt. Im Sommer kommen die Vögel noch häufiger als im Winter, weil sie ihre Kleinen nach der Brut im Frühling füttern müssen. Das ist doch lieb von Dušan.«

Es berührte mich ein wenig, dass er sich um die Spatzen und Meisen im Hinterhofgarten kümmerte. Dušan hatte sich grundlegend verändert, manchmal ertappte ich mich sogar dabei, ihn wirklich zu mögen. Das fiel mir, nach allem, was er uns angetan hatte, nicht gerade leicht. Aber ich fühlte keine Wut und keinen Hass mehr für ihn.

»Wie läuft es zwischen Dušan und dir?«

»Super. Er ist ganz anders geworden.«

»Das freut mich. Und was sagt er zu Braco?«

»Er akzeptiert ihn und meint nur, dass ich ein bisschen spinne.«

»Und, tust du das?«

»Nein, ich bin doch nicht verrückt.«

Ich zündete mir eine Zigarette an.

»Du solltest nicht so viel rauchen.«

»Ich weiß. Ich versuche es mir abzugewöhnen. Mama, ich möchte aber noch mehr über diesen komischen Typen erfahren. Wie bist du zu ihm gekommen? Wer ist er überhaupt?«

Mutter erzählte mir von ihrer ersten Reise mit Vera zu Braco nach Köln und wie sie dort sein Licht in ihrer Seele gespürt hatte.

»Er sagt nichts und hat dich mit seinem Blick in der Seele getroffen?«

»So ist es, mein Sohn. Er ist wie ein Engel.«

»Nein, Mutter, das hört sich eher nach einem Guru an.«

»Sag so etwas nicht. Er ist einfach nur ein guter Mensch.«

»Verlangt er Geld für seinen Blick?«

»Nein, nur ein paar Euro für den Eintritt, damit er seine Unkosten decken kann. Er möchte den Menschen einfach nur mit seiner besonderen Gabe helfen. Verstehst du?«

»Nicht wirklich. Und wie hat er dir geholfen?«

»Ich fühle mich in seiner Wärme geborgen und er hat alles Böse und Dunkle aus meiner Seele verbannt.«

»Klingt ziemlich esoterisch.«

»Er hat mir geholfen. Reicht dir das denn nicht?«

»Ist gut, Mutter, aber pass bitte auf dich auf. Am Ende kriegen sie dich noch dazu, dass du nicht mehr ein noch aus weißt. Vielleicht will er nur dein Geld.«

»Nein, nein, so ist Braco nicht. Es geht ihm wirklich nicht ums Geld.«

»Na gut, Mutter. Na gut.«

38

In den folgenden Monaten sprach Mutter am Telefon fast nur noch von Braco. Sie fuhr immer häufiger zu seinen Veranstaltungen, las seine Bücher, schaute sich seine DVDs an und schien ihm geradezu verfallen zu sein. Ich machte mir zunehmend Sorgen, ließ mir Informationsmaterial zuschicken und suchte im Internet nach Berichten und Artikeln über ihn. Dazu hatte ich gerade sowieso genügend Zeit. Mein Manuskript war endlich fertig geworden. Der Roman hieß *Weltgeflüster,* setzte neun Lebensgeschichten aus allen Kontinenten miteinander in Verbindung und war eine Art Crossover-Literatur, in der ich unterschiedliche Stilelemente, Genres, Kulturräume, Religionen und Erzähltechniken in ein, wie ich dachte, literarisches Meisterwerk verwandelt hatte. Ich war voller Hoffnung und schickte es an zwölf renommierte Verlage. Nach sechs Wochen trudelten bereits die ersten Absagen ein. Ich schickte es noch an zahlreiche weitere große und kleine Verlage. Mittlerweile hatte ich Dutzende Absagen erhalten. Den Satz: *Leider müssen wir Ihnen mitteilen, dass Ihr Manuskript nicht in unser Verlagsprogramm passt,* konnte ich nicht mehr hören. Ich fühlte mich hilflos, gedemütigt und verkannt. Meine Mutter war ebenso besorgt um mich wie ich um sie. Dušan genoss die Situation wahrscheinlich gerade über alle Maßen. Meine Mutter fuhr zu einem Wunderheiler und ich, der studierte Sohn, bekam auch nichts auf die Reihe. Ich hatte kaum Freunde, keine Frau, keinen beruflichen Erfolg und wohnte immer noch in einer Bruchbude.

Jetzt war Dušan nicht mehr der Einzige, der sein Leben versaut zu haben schien. Er verlor kein Wort darüber, aber man konnte seine Genugtuung an dem scheinheiligen Lächeln erkennen, das er hin und wieder zur Schau trug.

Sollte er doch denken, was er wollte. Ich recherchierte jedenfalls erst einmal alles über diesen seltsamen Braco. Er war im November 1967 in Zagreb unter dem Namen Josip Grbavac geboren worden. Zuerst hatte ich einen Schreck bekommen, dass ich möglicherweise mit ihm verwandt sei. Erst als ich aufmerksamer las, erkannte ich die nicht übereinstimmenden Buchstaben im Nachnamen. Grbavac war zum Glück kein Grabovac.

Braco hatte in Kroatien ein Wirtschaftsstudium abgeschlossen, geheiratet und ein Kind bekommen. 1993 begegnete er auf einer Veranstaltung Ivica Prokić, einem serbischen Ökonomen, der sich als Prophet und Wunderheiler bereits eine kleine Gemeinde auf dem Balkan aufgebaut hatte. Der Legende nach hatte Ivica vom ersten Moment an Josips inneres Licht erkannt und ihn auf den Namen Braco getauft, was auf Serbokroatisch »Kleiner Bruder« bedeutet. Sie wurden unzertrennlich. Braco sollte Ivicas Nachfolger werden.

Auf den Fotos sah man Ivica Prokić mit mächtigen um den Hals baumelnden Goldketten. Angeblich ließ er sich von seiner Gefolgschaft nur in Gold bezahlen. 1995 verbrachten Ivica und Braco einen gemeinsamen Urlaub in Südafrika. Sie saßen auf einer Felsklippe am Meer, als ein Unglück geschah. Ivica wurde von einer Welle in den Tod gerissen. Obwohl Braco neben ihm gesessen hatte, war er nur mit dem Schrecken davongekommen. Diese Geschichte machte, wie ich in einigen Artikeln gelesen hatte, nicht nur mich stutzig. Hatte Braco seinen Mentor ermordet, um in seine Fußstapfen treten zu können?

Strafrechtlich konnte ihm nichts nachgewiesen werden. Er übernahm Ivicas Gemeinde, machte sich rar, gab keine Interviews und entwickelte seinen *gebenden Blick*, der es ihm ermöglichte, anders als in den individuellen Sitzungen zuvor, Hunderte Menschen gleichzeitig zu erreichen. Kontinuierlich vergrößerte er seine Gefolgschaft und hatte inzwischen Veranstaltungen in Europa, Russland, den USA und Japan.

Offiziell behauptete Braco, dass er über keine spirituellen Heilkräfte verfüge. Somit war sichergestellt, dass ihn niemand wegen Betrugs anzeigen oder verklagen konnte. Gleichzeitig suggerierten die auf seiner Homepage massenhaft aufgeführten Zitate von Ärzten, Prominenten und anderen Anhängern das genaue Gegenteil. Dort las man von seiner segensreichen Gabe, vom Werk eines Gottes, von beruflichem Aufstieg, wiedererlangter Sehkraft oder der wundersamen Genesung nach einem Schlaganfall durch seinen gebenden Blick.

Meine Mutter kannte diese Erfahrungsberichte natürlich. Sie hatte sie in seinen Büchern gelesen. Einmal sagte sie zu mir: »Sogar so eine berühmte Frau wie Naomi Campbell ist ein Fan von Braco. Alem, es gibt so viele Menschen, die er geheilt und mit seiner Liebe von ihrem Leid befreit hat. All diese Menschen auf der ganzen Welt sind doch keine Idioten. Braco hat ihnen geholfen. Das ist die Wahrheit.«

Eine ganz andere Wahrheit war, dass er mit seiner Masche sehr viel Geld verdiente. Er war schlau: Die Eintrittskarten zu seinen Veranstaltungen waren für jedermann erschwinglich. Den größten Teil seiner Einnahmen erzielte er mit Merchandise-Produkten. Am Verkaufsstand direkt vor Ort oder im Onlineshop auf seiner Website konnten seine Anhänger vielfältige Devotionalien erwerben. Im Angebot waren DVDs, Bücher und unzählige gerahmte Bilder von ihm. Und dann gab es da noch den Schmuck. Als Symbol für sich und seine Heilkraft hatte er eine 13-strahlige Sonne auserkoren. Man konnte sie in 585er-Gold als Kettenanhänger, als Ring oder Ohrringe erwerben. In der Mitte funkelten echte Diamanten. Je nach Größe und Karat kosteten die Schmuckstücke zwischen 170 und 3050 Euro. Die Gewinnspanne dabei war enorm. Alles in allem schienen seine Geschäfte sehr gut zu laufen. Kroatischen Medien zufolge war Braco inzwischen mehrfacher Millionär.

Bei meinem nächsten Besuch in Frankfurt bemerkte ich einen Anhänger auf ihrer Brust.

»Mama, du hast dir wirklich einen Sonnenanhänger von ihm gekauft? Was soll das?«

Sie berührte die 13-strahlige Sonne zärtlich mit der Hand.

»Die Sonne verbindet mich mit Bracos Kraft und beschützt mich vor bösen Blicken. Ich kann seine Liebe und Kraft auf meiner Haut spüren. Außerdem hatte ich letztens ein Foto von dir dabei. Er schickt auch dir jetzt seine Kraft.«

»Lass das. Ich will nichts mit deinem Braco zu tun haben.«

»Du brauchst ihn. Schau dich doch an. Jetzt willst du, obwohl keiner deinen Roman genommen hat, schon wieder ein neues Buch schreiben. Das ist doch verrückt. Braco wird dir helfen.«

»Mach dir nicht immer so große Sorgen um mich. Und das mit dem Bild meine ich ernst. Zeig es bitte nie wieder auf einer seiner Veranstaltungen.«

»Warum nicht? Es kann doch nicht schaden.«

»Mir wird schlecht bei dem Gedanken, ein Teil von dieser erbärmlichen Aufführung zu sein. Also Schluss damit.«

Trotzig schürzte sie die Lippen.

»Na gut.«

»Sag mal, was hast du eigentlich für die Sonne bezahlt?«

»Das ist doch vollkommen egal.«

»Nein, ist es nicht. Sag schon.«

»Ich habe den kleinsten Anhänger genommen. Ist echtes Gold. Der Diamant ist auch echt. Hat 270 Euro gekostet. Aber was ist das schon? Ich fühle mich durch den Anhänger beschützt. Außerdem kannst du dir gar nicht vorstellen, wie oft ich die Sonne bei anderen Frauen in Frankfurt sehe. Sie hilft uns.«

»Ja, ihr seid eine Sekte.«

»Nein, das sind wir nicht. Wir wissen einfach, dass Braco uns hilft.«

»Pass nur auf, dass du ihm nicht eines Tages auch noch deine Wohnung überschreibst.«

»Das hast du schon einmal gesagt. Weshalb bist du so misstrauisch? Braco nimmt kein Geld. Er ist ein guter Mensch.«

Ich zuckte mit den Schultern.

»Na gut, was soll's. Wenn es dir hilft. Aber ich werde dich und deinen Braco im Auge behalten. Das sage ich dir.«

»Tu das, mein Sohn. Tu das.«

Meine Mutter fuhr weiterhin zu Braco und schien, trotz ihrer spirituellen Neigungen, mit beiden Beinen fest im Leben zu stehen. Sie arbeitete in der Fabrik, ging putzen, bezahlte allmählich ihren Kredit für die Wohnung ab und ließ es sich am Wochenende mit Dušan, während sie im Bett Schafskäse und luftgetrockneten Schinken aus der Heimat aßen, bis spät in die Nacht vor dem Fernseher gut gehen.

39

Dieser Braco schien, außer dass er meiner Mutter ein paar Hunderter aus der Tasche zog, kein allzu großes Problem zu sein. Aber vielleicht sah ich Mutter auch nicht mehr richtig, weil ich selbst allmählich den Halt verlor. Ich rauchte, trank, las und schrieb wie ein Irrer. Immerhin konnte ich mich mit meinem Job als Stadtführer noch einigermaßen über Wasser halten. Nach zweieinhalb Jahren war der neue Roman endlich fertig. Er hieß *Ichgeflüster* und sollte nach *Weltgeflüster* der zweite Teil einer Trilogie werden, in der ich diesmal, in immer wieder neuen Ansätzen und aus wechselnden Perspektiven heraus, die Vielstimmigkeit der Innenwelten herauszuarbeiten versucht hatte. Formal setzte ich wieder verschiedene Stilelemente ein, glaubte zutiefst an die von mir entwickelte Crossover-Literatur. Die Verlage sahen das weiterhin anders. Es hagelte wieder nur Absagen.

Ich schien alles falsch gemacht zu haben. Gegen Ende der Nullerjahre war ich körperlich und geistig ruiniert. Ich hatte beinahe zehn Jahre für nichts und wieder nichts gearbeitet, war Mitte dreißig, vom Alkohol aufgedunsen und stand kurz vor einem Nervenzusammenbruch. Zudem war die digitale Revolution nahezu komplett an mir vorbeigegangen. Ich besaß keinen iPod, kein Handy, keinen Laptop und keinen Facebook-Account. Um ins Internet zu kommen, musste ich, da meine Wohnung keinen Anschluss hatte, in den Shop um die Ecke gehen. Ich fühlte mich abgehängt, überflüssig und gescheitert. Der einzige Lichtblick war Marie. Ich hatte sie vor ein paar Monaten in einer Bar kennengelernt. Sie arbeitete als Lehrerin in einer Grundschule, war belesen, humorvoll, ähnelte in ihrem äußeren Erscheinungsbild Audrey Hepburn und trug wie Holly Golightly in Frühstück bei Tiffany gerne das kleine Schwarze, wenn wir abends ins Theater oder ein Restaurant gingen. Ich liebte sie sehr und schon bald zogen wir gemeinsam in eine frisch renovierte Zweizimmerwohnung mit einem schönen Bad und angenehmer Zentralheizung in den etwas ruhigeren Norden des Prenzlauer Bergs.

Es war ein Neuanfang. Ich schwor der Literatur ab, stellte meine Ernährung um, aß kaum mehr Fleisch, trank weniger, rüstete digital auf, meldete mich arbeitslos, bekam vom Amt als Weiterbildungsmaßnahme ein einjähriges Aufbaustudium Journalismus finanziert, bewarb mich danach für ein Praktikum bei der *taz* und wurde genommen. Ganz umsonst schienen das Studium der Soziologie und meine jahrelange Beschäftigung mit der Literatur nicht gewesen zu sein. Einigen Redakteuren und Redakteurinnen gefiel mein ganz eigener Schreibstil außerordentlich gut. Sie förderten mich und sorgten dafür, dass ich nach meinem Praktikum weitere Aufträge erhielt. Ich hatte mehr Glück als Verstand, fasste Fuß bei der *taz* und veröffentlichte später auch noch für andere überregionale Zeitungen Essays, Porträts, Berichte, Interviews und Reportagen. Endlich konnte ich vom Schreiben leben.

Dann wurde Marie schwanger. Am 26. Mai 2012 kam unser Sohn Aljosha um 14.12 Uhr zur Welt. Wir hatten ihn nach dem Protagonisten Aljosha aus Dostojewskis Roman *Die Brüder Karamasow* benannt, der mich so sehr beeindruckt hatte. Außerdem gefiel uns, dass der Name »Der Beschützer« bedeutete. Ich war bei der Geburt dabei, durchschnitt die Nabelschnur, hielt ihn auf meiner Brust und weinte vor Glück. Es war ein Samstag. Ich ging runter in den Klinikgarten mit den lila blühenden Rhododendren, schaute in den strahlend blauen Himmel, der von keiner Wolke getrübt wurde, und rief Mutter an.

»Mama, alles ist gut gegangen. Beide sind wohlauf. Du bist seit einer Stunde Großmutter.«

Sie flippte am Telefon beinahe aus.

»Hurra, hurra, hurra! Alem, mein Sohn, das ist das größte Geschenk, das du mir jemals machen konntest. Ich bin so glücklich.«

»Ich auch, Mama. Ich auch!«

Ich wechselte Aljoshas Windeln, las ihm Märchen vor, brachte ihn jeden Morgen zur Kita, spielte Fußball mit ihm, war beseelt mit Marie und schrieb viele Artikel, von denen einer meinem Leben noch einmal eine andere Wendung geben sollte. Der Text erschien am 2. Januar 2018 in der *taz*. Es handelte sich um eine humorvolle Abrechnung mit meinem Geburtstag, der mir schon immer von dem alles in den Schatten stellenden Weihnachtsmann und den brummenden Schädeln zu Neujahr versaut worden war. Am nächsten Morgen erhielt ich eine Mail von einem Literaturagenten. Er war der Meinung, dass man aus diesem Text einen Roman machen sollte. Wir trafen uns, ich schrieb eine zwanzigseitige Leseprobe, er war begeistert, nahm mich unter Vertrag und vermittelte mich ein halbes Jahr später an einen großen Verlag. Durch den ausgehandelten Vorschuss konnte ich mich jetzt, ohne weiterhin für Zeitungen publizieren zu müssen, ausschließlich auf das literarische Schreiben konzentrieren. Anstatt mich wie zuvor in formalen Experimenten zu verlieren, blieb ich diesmal ganz nah bei meinen persönlichen Erfahrungen und schrieb so schlicht, unterhaltsam, spannend und klar wie nur möglich. Es war alles zu schön, um wahr zu sein. Sollte es tatsächlich, nach all den Fehl- und Rückschlägen, auch noch ein Happy End mit der Literatur geben?

40

Meine Mutter war inzwischen in Rente. Aber auch die hatte sie sich, wie schon so vieles zuvor in ihrem Leben, hart erkämpfen müssen. Anfang 2009, als ich mich in der Weiterbildungsmaßnahme zum Journalisten befand, verkündete ihr Arbeitgeber quasi über Nacht, drastische Kürzungen im Personalbereich vornehmen zu müssen. Ein nicht unerheblicher Teil der Produktion sollte in Billiglohnländer ausgelagert werden. Die Geschäftsleitung spielte mit harten Bandagen. Sie versprach den Arbeiterinnen eine großzügige Abfindung, falls sie der Aufhebung des Beschäftigungsverhältnisses zeitnah zustimmen würden. Sollten sie dieses Angebot jedoch verstreichen lassen, würden sie später betriebsbedingt gekündigt werden und keinen Cent mehr sehen. Meine Mutter blieb ruhig. Anders als im Privatleben behielt sie in geschäftlichen Dingen stets einen kühlen Kopf. Sie wusste ganz genau, dass man ihr nach über dreißig Jahren Betriebszugehörigkeit nicht so einfach kündigen konnte. Außerdem empfand sie es als ungerecht, dass ihr der Staat für jeden Monat im vorzeitigen Ruhestand – ihr fehlten noch dreieinhalb Jahre bis zum gesetzlichen Eintrittsalter – ein paar Prozentpunkte von ihrer Rente abziehen würde. Meine Mutter war in der Gewerkschaft, ging zum Betriebsrat und ließ sich beraten. Während viele ihrer Kolleginnen sich einschüchtern ließen und lieber das schnelle Geld annahmen, lehnte sie die ersten Abfindungsangebote kategorisch ab.

Erst Anfang 2011, nach zähen und langwierigen Verhandlungen, akzeptierte sie den Aufhebungsvertrag. Ihr Kampf hatte sich gelohnt: Die Abfindungssumme, die sie von der Fabrik erhielt, übertraf das erste Angebot um ein Vielfaches und die eineinhalb Jahre bis zum regulären Eintritt in die Rente konnte sie jetzt, indem sie sich beim Amt arbeitssuchend meldete, problemlos ohne Abzug von Prozentpunkten überbrücken. Mit einem Teil der Abfindung beglich sie auf einen Schlag den noch ausstehenden Kredit für die Wohnung in der Rothschildallee. Den Rest legte sie als Altersvorsorge zurück. Im Juli 2012, kurz nachdem Aljosha geboren worden war, hatte sie es endgültig geschafft. Sie war im Ruhestand, hatte keine Schulden, besaß eine eigene Wohnung, bekam ihre Rente pünktlich überwiesen und ging zweimal in der Woche privat putzen, um sich noch eine Kleinigkeit hinzuzuverdienen. Dušan folgte ihr ein paar Monate später. Obwohl er fast immer das Doppelte verdient hatte, fiel sein Rentenscheck weit geringer aus als der meiner Mutter. Das war der Preis für die Schwarzarbeit. Er ertrug es mit stoischer Ruhe. Und Hunger musste er deswegen auch nicht leiden.

Nach einer holprigen Anfangsphase, in der sie nicht so recht wussten, was sie mit all der freien Zeit anfangen sollten, richteten sie sich allmählich in ihrem neuen Alltag ein. Mutter stand als Erste auf, kochte Kaffee, duschte, ging zum Bäcker um die Ecke, kaufte Brötchen und die *Bild*-Zeitung. Ohne die *Bild*-Zeitung, die ihre Wirklichkeit seit beinahe vierzig Jahren mit bunt gedruckten Nachrichten umrahmte, wollten und konnten beide nicht leben. Dušan hatte in der Zwischenzeit den Frühstückstisch gedeckt und Eier gekocht. Sie hörten HIT RADIO FFH mit Popsongs von Ed Sheeran bis Adele, denn die Radiosender aus dem ehemaligen Jugoslawien waren ihnen schon lange zu nationalistisch geworden. Sie frühstückten ausgiebig und zum Abschluss las ihr Dušan jeden Morgen den Witz des Tages aus der *Bild*-Zeitung vor, über den sie meistens herzhaft lachen mussten.

Den Vormittag verbrachten sie mit Hausarbeit, Einkäufen und organisatorischen Dingen wie dem Begleichen von Rechnungen oder immer regelmäßiger werdenden Arztbesuchen. Die schwere körperliche Arbeit in der Fabrik und auf der Baustelle hatte ihre Spuren hinterlassen. Während Dušan über Probleme mit dem Kreuz und regelmäßig auftretende Herzrhythmusstörungen klagte, litt meine Mutter unter heftigen Migräneanfällen und chronischen Gelenkschmerzen, die ihr das Laufen zunehmend erschwerten. Aber immerhin konnten sie für sich selbst sorgen und waren noch auf keine fremde Hilfe angewiesen.

Mittags kochte meine Mutter meistens eine Suppe. Es gab Nudel-, Kartoffel-, Tomaten-, Hühner- oder Gemüsesuppe. Sie eigneten sich perfekt, da sie je nach Wetterlage in Geschmack und Reichhaltigkeit variiert werden konnten, schmeckten beiden fast immer und hinterließen auch keine Schmerzen an den nicht mehr ganz so frischen Zähnen. Beim Essen schmatzten und schlürften sie laut und genüsslich. Als Kind fand ich das unappetitlich. Bei den Behrens waren lautes Schmatzen und Schlürfen verpönt. Inzwischen war es mir vollkommen egal. Sollten sie doch ihre Suppe essen, wie es ihnen gefiel.

Auf die Suppe folgte der Mittagsschlaf. Sie dösten vor sich hin, standen dann gemächlich auf, tranken Kaffee und schauten sich am Nachmittag die Nachrichten und Tierdokumentationen im Fernsehen an. Sie waren ganz vernarrt darin, Löwen, Elefanten, Nashörnern, Affen oder Eisbären bei der Aufzucht ihrer Jungtiere zuzuschauen. Stundenlang fieberten sie auf der Couch im Wohnzimmer mit den Kleinen mit und kommentierten jede noch so kleinste Tollpatschigkeit mit aufgeregten Zwischenrufen.

Danach fing Mutter schon wieder zu kochen an. Er fand immer etwas zum Reparieren und werkelte auf dem Balkon oder im Keller an irgendwelchen Sachen herum. Früher hatte es abends ausschließlich Fleisch gegeben. Dušan liebte es deftig. Inzwischen vertrug er das nicht mehr. Sein Cholesterinspiegel war zu hoch und seine Arterien verkalkt. Sein Hausarzt hatte ihn eindringlich vor der Gefahr eines Herzinfarkts gewarnt. Mutter nahm die Sache in die Hand: Fleisch gab es nur noch einmal pro Woche, das Fett wurde reduziert und vorherige Beilagen wie Gemüse und Salat bestimmten nunmehr den Hauptgang. Seit der Umstellung hatte er dreißig Kilo abgenommen, war schmal geworden und kaum mehr wiederzuerkennen. Nur das Rauchen hatte sie ihm nicht abgewöhnen können. Jede halbe Stunde verschwand er auf den Balkon, um sich unter Mutters missbilligenden Blicken genussvoll eine Zigarette anzustecken. Als ich einmal wegen eines Zeitungsinterviews mit einem Architekturtheoretiker, der über ländliche und innerstädtische rechtsnationale Räume forschte, in Frankfurt war, rauchten wir gemeinsam eine Zigarette auf dem Balkon. Dušan wirkte sehr nachdenklich. Dann sah er mich mit einem spöttischen Lächeln an.

»Weißt du, Alem, ich darf kein Bier mehr trinken und kein Fleisch essen. Aber lieber sterbe ich, als auch noch mit den Zigaretten aufzuhören. Die können mich alle mit ihrer scheiß Gesundheit mal am Arsch lecken. Ein bisschen Unvernunft muss man doch auch noch als alter Sack haben dürfen.«

Ich hatte den Eindruck, dass er, obwohl er es sich im Alltag nicht anmerken ließ, ein gebrochener Mann war, der nichts mehr vom Leben erwartete.

Nach dem Abendessen spülte meine Mutter und Dušan trocknete das Geschirr ab – früher, als er noch ein richtiger Macho war, hätte er keinen Finger im Haushalt gerührt – und danach machten sie es sich wieder vor dem Fernseher gemütlich. Meine Mutter und Dušan liebten Westernfilme, Boxkämpfe und Krimis, liebten John Wayne, Humphrey Bogart, Charles Bronson, Columbo und Lino Ventura. Daran hatte sich seit meiner Kindheit nichts geändert. Die neuen Filme und Serien waren ihnen zu grell und zu schnell geschnitten. Damit konnten sie nichts anfangen. Spätestens um Mitternacht lagen sie im Bett.

Seit sie in Rente war, besuchte uns Mutter oft in Berlin. Marie, Aljosha und ich fuhren hingegen kaum nach Frankfurt. Auch wenn ich Dušan vieles verziehen hatte, wollte ich nicht, dass er den lieben Großvater für Aljosha spielte. Das hätte ich einfach nicht ertragen können.

Kapitel 6

Das Klopfen
im Schrank

41

Im Spätsommer 2019 flog Dušan so wie jedes Jahr allein nach Kačarevo. Er machte Urlaub in seinem Haus in der alten Heimat. Svetozar lebte mit seiner Familie am anderen Ende von Kačarevo in einer kleinen Erdgeschosswohnung. Dušan und er sprachen immer noch kein Wort miteinander. Eines Morgens fand Miloš, sein älterer Bruder, Dušan tot im Bett.

Mutter rief mich an. Ihre Stimme klang hysterisch.

»Alem, er ist tot. Er ist tot.«

»Mutter, beruhige dich. Wer ist tot?«

»Dušan. Er ist einfach gestorben. Er war doch erst Anfang siebzig. Kannst du dir das vorstellen. Er ist tot. Was soll ich jetzt nur machen?«

»Das tut mir leid, Mama.«

»Die haben ihn umgebracht.«

»Wer hat ihn umgebracht?«

»Na, sein Bruder und Svetozar, damit sie endlich das Haus erben.«

»Mutter, beruhige dich. Niemand hat Dušan umgebracht.«

»Ja, vielleicht. Ich kann nicht mehr klar denken. Alles ist so schrecklich.«

»Das verstehe ich. Aber Panik hilft jetzt nicht weiter. Versuch ruhig zu bleiben. Schaffst du das?«

»Ja, ich glaube schon.«

Sie weinte noch viel. Ich versuchte sie zu trösten.

Nach dem Anruf fühlte ich mich fahrig. Sein Tod berührte mich mehr als erwartet. Als Kind hatte ich mir nichts sehnlicher als seinen Tod gewünscht. Einmal, mit zehn oder elf Jahren, hatte ich sogar geträumt, dass er von einem Lastwagen überfahren wurde. Ich sah ihn blutverschmiert auf der Straße liegen und war glücklich. Als ich aufwachte und begriff, dass es nur ein Traum gewesen war, weinte ich vor Wut und Verzweiflung. Aber das schien alles in einem anderen Leben stattgefunden zu haben. Dušan hatte sich verändert. Ich empfand ein Stück weit Trauer.

In den folgenden Tagen telefonierten Mutter und ich sehr oft. Sie weinte viel, verklärte alles, glorifizierte ihn gar. Meine anfängliche Trauer verebbte schnell. Ich wurde zunehmend gereizter. Sie schluchzte am Telefon.

»Er war so ein guter und lieber Mensch.«

»Nein, Mutter, das war er nicht. Er hat dich und mich verprügelt.«

»Ja, trotzdem habe ich ihn geliebt.«

»Das weiß ich, Mutter.«

»Er wollte immer nur das Beste für alle.«

»Nein, das wollte er nicht.«

»Alem, man soll nicht schlecht über die Toten sprechen.«

»Ist schon gut.«

Es entstand eine kleine Pause.

»Kommst du mit zu seiner Beerdigung nach Kačarevo?«

Ich zögerte keine Sekunde.

»Nein. So nahe bin ich ihm nie gewesen. Das musst du schon allein schaffen.«

»Na gut. Ich kaufe mir noch heute das Flugticket nach Belgrad.«

»Ja, mach das.«

»Soll ich ihm noch etwas von dir ausrichten?«

»Mama, er ist tot.«

»Ich weiß, aber möchtest du ihm noch etwas sagen?«

»Nein.«

Als sie zurückkam, fuhr ich nach Frankfurt, um ihr dabei zu helfen, seine Sachen auszusortieren. Wir legten seine Hemden und Hosen fein säuberlich in große Müllsäcke. Als ich seine Gürtel in der Hand hielt, durchfuhr mich ein eiskalter Schauer. Sie faltete jedes Kleidungsstück auf, verlor sich in Erinnerungen, wollte mir ständig etwas andrehen.

»Diese Jacke würde dir stehen.«

»Danke, aber ich möchte nichts von Dušan haben.«

»Aber schau, was ist mit diesem Hemd? Das sieht doch wirklich hübsch aus.«

»Mama, wenn du mich noch einmal fragst, werde ich wütend. Ich habe dir doch gerade gesagt, dass ich niemals etwas von Dušan anziehen werde.«

»Ist ja gut.«

Am Abend warf ich die blauen Müllsäcke in einen Altkleider-Container am Friedberger Platz. Ich ging spazieren, wollte ein wenig für mich sein und trank ein paar Henninger am Stehtisch einer Trinkhalle. Das war sein Lieblingsbier gewesen. Ich erinnerte mich an seine Saufgelage, an all die leeren Flaschen auf dem Küchentisch in der Hanauer Landstraße, an meine Angst vor seinen Schlägen, öffnete mit dem Feuerzeug eine Bierflasche, kickte den Kronkorken lässig auf die Straße und prostete ihm zu.

»Du dummes Arschloch. Du warst wirklich ein riesengroßes Arschloch. Aber was soll's. Ich komm inzwischen damit klar. Ich wünsche dir noch nicht einmal die Hölle. Ruhe in Frieden, Dušan. Ja, ruhe in Frieden.«

Als ich zurückkam, war Mutter auf dem Sessel vor dem Fernseher eingeschlafen. Ich deckte sie zu, schaltete den Fernseher aus, gab ihr einen Kuss auf die Stirn und ging schlafen.

Am nächsten Morgen frühstückten wir gemeinsam. Ich schmierte Butter auf mein Brötchen.

»Sag mal, wie war eigentlich die Beerdigung?«

Sie hatte keinen Hunger, stocherte missmutig in den Gurken auf dem Teller herum.

»Er wollte nicht beerdigt werden. Er wurde aufgebahrt und dann verbrannt. Die Asche hat Svetozar bekommen.«

Sie holte ein Foto aus ihrer Handtasche.

»Schau, wie friedlich er aussieht. Als ob er schlafen würde.«

Es war seltsam, ihn, der so viel Macht über uns ausgeübt hatte, so blass und wehrlos daliegen zu sehen. Mutter betrachtete das Foto und weinte.

»War Svetozar da?«

»Ja, er und Miloš und ein paar alte Freunde von Dušan sind zur Beerdigung gekommen. Dušan hatte sich vorher um alles gekümmert und eine Sterbeversicherung abgeschlossen. Keinen Cent musste Svetozar bezahlen. Siehst du, was für ein guter Mann er war. Er wollte nie jemandem auf der Tasche liegen. Und was ist der Dank dafür? Svetozar ist wie ein Geier. Keine Träne hat er vergossen und mich dann gefragt, wie viele Sparkonten Dušan besitzt. Ich habe ihm gesagt, dass ich das nicht weiß, er sich aber keine Sorgen zu machen braucht, weil er alles erben wird. Dušan hat mir vor vielen Jahren sein Testament gezeigt.«

»Du bekommst nichts?«

»Nein.«

»Findest du das nicht ein wenig ungerecht? Immerhin

wart ihr über vierzig Jahre ein Paar. Du hast seine Wäsche gewaschen, die Wohnung sauber gehalten, für ihn gekocht, ihm den Rücken frei gehalten und seine Schläge ertragen.«

Sie strich sich angespannt mit der Hand über den Oberschenkel.

»Ich wollte nichts. Finanziell haben wir immer alles getrennt. Außerdem habe ich genug, um für mich selbst zu sorgen.«

»Das weiß ich. Ich mein ja nur, dass ich das nicht richtig finde. Aber eigentlich ist mir das auch egal.«

Sie schwieg, holte sich aus der Küche ein Glas Wasser und blickte mich schuldbewusst an.

»Was ist los, Mama?«

»Weißt du, alles hätte auch ganz anders kommen können. Du darfst jetzt nicht böse mit mir werden. Aber da gibt es noch etwas, das ich dir nie erzählt habe.«

»Noch eine Lüge? Das mit Emir hat mir gereicht. Ich hätte ihn verdammt gerne kennengelernt.«

»Das tut mir immer noch sehr leid. Aber diesmal ist es keine Lüge. Ich habe dir nur etwas verschwiegen. Weißt du, als wir dich 1984 nach Frankfurt holen wollten.«

Sie stockte, atmete schwer und rang nach Worten.

»Wie soll ich das nur sagen? Na gut: Ich war damals schwanger.«

Ich verschluckte mich am Kaffee.

»Du warst schwanger? Weshalb hast du mir das nie erzählt? Was ist passiert?«

Sie sah mich nicht an, blickte auf den Tisch und rieb sich nervös die Hände.

»Du hast mir damals gesagt, dass du nicht zu uns ziehen willst. Erinnerst du dich noch daran?«

»Na klar. Du hast mir eine Höllenangst eingejagt. Ich wäre niemals zu euch gekommen. Lieber wäre ich abgehauen.«

Mutter begann zu weinen.

»Ich mein das nicht böse. Aber Dušan hat damals noch getrunken, war unberechenbar und hat dich und mich verprügelt. Ich war ja glücklich bei den Behrens, hätte das Leben bei euch ganz einfach nicht ertragen. Das verstehst du doch.«

Sie wischte sich die Tränen aus den Augenwinkeln.

»Ich weiß, Alem, ich weiß ja. Wir hatten kein schönes Leben. Deswegen habe ich mich damals dazu entschlossen, das Kind abzutreiben. Du warst noch zu jung, um das zu verstehen.«

»Puh. Ich hätte also beinahe einen Bruder oder eine Schwester bekommen?«

»Ja.«

»Und dann hast du es abgetrieben. Verdammt, Mama, ich kenn dich doch. Das muss schrecklich für dich gewesen sein.«

Sie nickte verzweifelt mit dem Kopf.

»Das war es. Ich habe mich schmutzig und böse gefühlt. Noch Jahre danach musste ich mich bei dem Gedanken daran übergeben.«

»Wusste Dušan von der Schwangerschaft?«

»Ja, aber ich habe gefühlt, dass er das Baby nicht haben wollte. Er hätte mich niemals zu einer Abtreibung überredet. Aber als ich ihm sagte, dass ich das Kind vielleicht wegmachen würde, schien er sehr zufrieden damit zu sein.«

Sie fing wieder an zu weinen. Ich ging zu ihr und streichelte ihr sanft über den Rücken.

»Das war die richtige Entscheidung. Das Kind wäre niemals glücklich bei euch geworden. Ist trotzdem eine scheiß Geschichte. Ich kann deinen Schmerz verstehen.«

»Ich habe immer noch ein schlechtes Gewissen deswegen.«

»Das brauchst du nicht.«

Sie schluchzte. Ich umarmte sie fest.

»Ist gut, Mama, ist gut. Lass alles raus.«

Plötzlich löste sie sich von mir. Das Blut schoss ihr vor Wut ins Gesicht.

»Nein, Alem, nichts ist gut. Weißt du, was er getan hat?«

Ich wich irritiert von ihr zurück, setzte mich wieder auf den Stuhl.

»Keine Ahnung.«

»Sein Kühlschrank war voller Bier und Fleisch.«

»Worüber sprichst du eigentlich?«

»Über seine letzten Tage in Kačarevo. Ich habe mit seinem Nachbarn gesprochen. Er hat mir erzählt, dass Dušan jeden Mittag, wenn die Hitze am größten war, alle seine alten Kumpels zum Trinken und zum Essen in den Hof eingeladen hat. Und das mit seinem Herzen. Warum hat er das getan, dieser Idiot?«

»Du glaubst, dass er sich möglicherweise absichtlich umgebracht hat.«

»Vielleicht.«

Ich erinnerte mich daran, wie ich ein Jahr zuvor mit Dušan, als ich das Grab meines Vaters in Belgrad suchte, im Hof seines Hauses in Kačarevo Bier getrunken und Fleisch gegessen und er mich darum gebeten hatte, nur ja nichts Smilja davon zu erzählen. Und daran, wie er mir erst kurz zuvor auf dem Balkon erzählt hatte, dass er lieber abkratzen würde, als sich von den Ärzten und Mutter jeden Spaß verderben zu lassen. Wahrscheinlich hatte er keine Lust mehr auf Suppen, Tierdokumentationen, Arztbesuche und Mutters ständige Ermahnungen gehabt, war nach Hause geflogen und hatte sich dort in einem letzten Aufbegehren gegen die Zumutungen des Alters zu Tode gefressen und gesoffen. Das war zwar nicht fair Mutter gegenüber, aber immerhin konsequent. Anpassung und Unterordnung waren noch nie sein Ding gewesen. Obwohl ich vom Gegenteil überzeugt war, versuchte ich Mutter zu trösten.

»Ach, der Nachbar hat doch übertrieben. Er hat sich ab und zu mit seinen alten Kumpels getroffen. Die haben ein bisschen getrunken und gegessen. Das ist doch ganz normal. Natürlich wollte er zu dir zurückkommen.«

Mutter blickte verträumt zum Fenster hinaus.

»Ja, du hast recht. So wird es gewesen sein.«

»Ja, ganz bestimmt ist es so gewesen.«

42

Ich hatte gehofft, dass Mutter, sobald die erste Trauer abgeklungen war, ihr neues Leben ohne Dušan als Chance begreifen würde. Sie brauchte keine Rücksicht mehr auf seine Befindlichkeiten zu nehmen, konnte endlich Freundinnen zu sich nach Hause einladen, neue Menschen kennenlernen, in ferne Länder reisen, war ungebunden, frei, konnte doch jetzt tun und lassen, worauf sie Lust hatte.

Erst hatte sie Pech. Es war schon Winter. Ein Feueralarm weckte sie spät in der Nacht. Hastig zog sie sich ein paar Sachen über. Das schrille Sirenengeheul pfiff in ihren Ohren. Sie schlug die Wohnungstür zu, stürmte das Treppenhaus hinunter, rutschte auf einer Stufe aus und fiel unglücklich auf ihren linken Arm. Mit schmerzverzerrtem Gesicht schleppte sie sich nach draußen.

Herr Lechner, ein glatzköpfiger, dicker und äußerst unfreundlicher Nachbar aus dem vierten Stock, der im Treppenhaus immer grußlos an ihr vorüberging, hatte versucht, eine undichte Stelle an einem Heizungsrohr in seiner Wohnung zuzulöten. Dabei sprang ein Funke auf die Gardine vor dem nahe gelegenen Fenster über. Den Brand bekam er schnell unter Kontrolle, aber der Rauch löste den Alarm aus. Die Feuerwehr rückte an. Mutter stand bibbernd vor dem Haus und konnte später, als alle wieder in ihre Wohnung durften, in dieser Nacht kein Auge zutun.

Am nächsten Morgen ging sie zum Arzt. Ihr linker Unterarm war gebrochen. Sie bekam einen Gipsverband angelegt und konnte ihren Arm acht Wochen lang nicht bewegen. Trotz der Schmerztabletten schlief sie kaum. Immerhin war sie rechtshändig und dazu imstande, wenn auch nur langsam und umständlich, die grundlegenden Dinge des Alltags selbst zu erledigen. Die schweren Lebensmittel und Getränke bestellte ich ihr online bei einem Lieferservice. Sie hatte nicht den blassesten Schimmer vom Internet und freute sich wie ein Kind darüber, dass so etwas inzwischen möglich war.

Dann, kurz nachdem ihr der Gipsverband abgenommen wurde, breitete sich Corona in Deutschland aus. Während der ersten Infektionswelle im Frühjahr kam das öffentliche Leben nahezu vollständig zum Erliegen. Das traf sie hart: Ohne Dušan war sie allein, fühlte sich einsam, ihr Arm war noch nicht ganz verheilt, sie konnte nicht mehr zu Braco fahren und auch ansonsten, da alle Cafés, Restaurants, Veranstaltungsorte und zahlreiche Geschäfte monatelang geschlossen blieben, nichts mehr unternehmen. Den ganzen Tag über saß sie träge und kraftlos vor dem Fernseher. Um sie nicht zu gefährden, denn in ihrem geschwächten Zustand hätte eine Infektion ernsthafte und vielleicht sogar lebensgefährliche gesundheitliche Folgen für sie haben können, besuchten wir uns in jener Zeit nicht. Ihre zunehmende Schwermut führte ich auf die Auswirkungen der Pandemie zurück. Ich hatte nicht bemerkt, dass sie auch noch etwas anderes, Schwerwiegenderes bedrückte. Davon erfuhr ich erst bei einem Anruf Anfang Mai.

Ihre Stimme klang zittrig und schwach.

»Was ist los, Mama?«

»Ich schlafe so schlecht.«

»Gut, aber ich fühle doch, dass da noch etwas ist. Erzähl schon.«

»Ich kann nicht. Du glaubst dann bestimmt, dass ich verrückt bin.«

»Mama, was ist los? Wir können über alles reden.«

Plötzlich brach sie in Tränen aus.

»Er ist hier, Alem. Er ist hier.«

»Wer ist hier?«

»Na, Dušan. Er klopft jede Nacht im Schrank. Er lässt mich nicht schlafen. Manchmal spüre ich auch beim Kochen seine Wärme am Hinterkopf.«

»Er klopft im Kleiderschrank? Und was sagt er?«

»Er sagt nichts. Er klopft einfach nur.«

»Und weshalb sollte er das tun?«

»Das weiß ich nicht. Er tut es einfach.«

»Mutter, Dušan ist tot. Er kann nicht im Schrank klopfen.«

»Doch. Er klopft. Seine Seele ist hier.«

»Das kann doch nicht sein. Du bildest dir das Klopfen nur ein.«

»Nein, nein, Alem. Er klopft. Ich bilde mir gar nichts ein. Er ist wie der Teufel.«

»Ach, Mutter.«

»Jetzt denkst du also doch, dass ich verrückt bin.«

»Nein, das tue ich nicht. Aber du musst endlich akzeptieren, dass Dušan tot ist.«

Sie schluckte die Tränen hinunter.

»Ist schon gut, mein Sohn. Ich schaffe das schon. Ich bin stark. Du brauchst dir keine Sorgen um mich zu machen.«

»Da bin ich mir nicht so sicher. Wie lange hörst du denn schon das Klopfen?«

»Seit ein paar Monaten. Aber genug jetzt damit. Ich schaffe das schon.«

Wir telefonierten oft. Sie erzählte mir, dass Dušan immer

noch ab und zu im Schrank klopfte, sie damit aber inzwischen klarkomme. Ich arbeitete an meinem Manuskript. Der Abgabetermin rückte näher. Das Schreiben nahm mich vollständig in Beschlag. Ich hakte nicht nach, wollte ihr glauben und war froh darüber, nicht allzu sehr von ihren Problemen belastet zu werden.

An einem lauwarmen Sommerabend Mitte Juli, knapp ein Jahr nach Dušans Tod, rief sie mich jedoch vollkommen aufgewühlt an.

»Alem, ich kann nicht mehr. Er klopft jede Nacht im Schrank. Ich kann nicht mehr schlafen. Wenn ich nach draußen gehe, wird mir immer schwindelig. Ich spüre ihn und denke die ganze Zeit, dass ich fallen muss. Aber heute war es noch schlimmer. Ich war im Bethmannpark. Die Sonne schien. Ich saß auf einer Bank. Dann kommt er plötzlich und streichelt mir über das Haar. Kannst du dir das vorstellen? Ich habe ihn laut angeschrien: Hau ab. Lass mich in Ruhe. Verschwinde. Die Leute haben mich ganz komisch angeschaut. Bin ich jetzt vollkommen verrückt geworden?«

»Beruhige dich, Mutter. Du bist nicht verrückt. Wie lange hast du denn geschrien?«

»Keine Ahnung, ein paar Minuten. Dann bin ich nach Hause gegangen. Ach, Alem, warum lässt er mich nicht in Ruhe?«

»O. k., Mutter, ich komme nach Frankfurt.«

»Das brauchst du nicht. Du musst doch dein Buch schreiben.«

»Das wird schon gehen. Ich mache jetzt sofort einen PCR-Test, und falls er negativ ist, kaufe ich mir ein Zugticket und dann können wir schon morgen in aller Ruhe über alles reden.«

Die Zugfahrt nach Frankfurt kam mir unendlich lange vor. Ich versuchte eine Zeitung zu lesen, konnte mich aber nicht konzentrieren. Außerdem nervte mich die Maske, die man in Zügen inzwischen tragen musste, um eine Übertragung des Virus zu vermeiden. Ich machte mir große Sorgen um Mutter. Was passierte da gerade mit ihr? Erst der Armbruch und dann das Klopfen. Wurde sie altersschwach und senil? Fürchtete sie sich vor dem Tod? War es eine schwerwiegende Depression oder vielleicht sogar schon mehr als das? Im Fenster erschienen die Wolkenkratzer des Bankenviertels. Unsicher betrat ich die Bahnhofshalle mit ihrer dunklen Stahlkonstruktion, die ich seit meiner Kindheit kannte. Mutter und Dušan hatten damals, wenn ich sie in den Schulferien besuchte, immer am Bahnsteig auf mich gewartet. Ich hatte große Angst vor ihm und wollte nicht bei ihnen sein. Ich sah mich um, schüttelte die dunklen Erinnerungen von mir ab und fuhr mit der Tram in die Rothschildallee.

Die Wohnung sah sauber und gepflegt aus. Das beruhigte mich schon mal ein wenig. Aber Mutter wirkte angeschlagen und schwermütig. Ihre braunen Augen, die früher immer geleuchtet hatten, waren blass geworden. Mit leiser, gebrochener Stimme schilderte sie mir am Abend vor dem Fernseher die vergangenen Monate.

»Vier Wochen nach seinem Tod habe ich das Klopfen zum ersten Mal gehört. Erst dachte ich, dass das nicht sein kann. Ich habe mich dagegen gewehrt. Aber dann kam er jede Nacht. Meistens schlafe ich hier auf dem Sessel vor dem Fernseher ein. Irgendwann gehe ich rüber ins Bett und dann klopft er im Kleiderschrank. Manchmal gleich zu Beginn, manchmal mitten in der Nacht. Ich fürchte mich vor ihm,

Alem. Er will nicht, dass ich schlafe. Er kann einfach nicht akzeptieren, dass er tot ist. Aber weshalb tut er das? Weshalb quält er mich? Ich flehe ihn immer wieder an, endlich abzuhauen. Dann wird er noch wütender und klopft wie wild. Was soll ich nur machen?«

Ich hörte mir alles geduldig an und beobachtete sie in den folgenden Tagen aufmerksam. Der Schlafentzug und der psychische Stress hatten ihr auch körperlich stark zugesetzt. Sie war antriebslos und zu nichts zu motivieren. Ein kleiner Spaziergang war das höchste der Gefühle. Danach war sie bereits vollkommen erschöpft. Immerhin schien sie, abgesehen von ihren Angstzuständen, noch bei klarem Verstand zu sein. Man konnte sich vernünftig mit ihr unterhalten. Hin und wieder verlor sie zwar mitten im Satz den Faden, aber das waren nur kleine Aussetzer. Sie sprach viel über ihr unglückliches Leben und die schwere Beziehung zu Dušan. Ich war schon drei Tage bei ihr. In allen Nächten hatte er anscheinend im Schrank geklopft. Ich schlief im Nebenzimmer. Natürlich hatte ich kein Klopfen gehört.

Ihre Probleme schienen für mich auf der Hand zu liegen. Die seelischen Schmerzen, die sie über Jahrzehnte unterdrückt und geleugnet hatte, trafen sie nunmehr mit voller Wucht. Eigentlich hätte sie sich eingestehen müssen, dass sie durch ihre Abhängigkeit zu Dušan ihr eigenes Leben durch und durch verpfuscht hatte. Ebenso hätte sie sich eingestehen müssen, dass ihre Schuld viel schwerer wog, als sie jemals angenommen hatte. Sie hätte Verantwortung für ihr Tun und insbesondere für das, was sie unterlassen hatte, übernehmen müssen. Das hätte jedoch ihr Selbstbild der unschuldig liebenden Frau, die zum Opfer der Umstände geworden war, schlagartig zerstört. Das war zu viel auf einmal, unter dieser Last wäre sie vollkommen zusammengebrochen. Sie stand vor dem seelischen Bankrott und flüchtete sich, um überhaupt noch irgendwie weitermachen zu können, in ein über den Tod hinaus aufrechterhaltenes Abhängigkeitsverhältnis zu Dušan, das es ihr immerhin sporadisch ermöglichte, sich nicht mit sich selbst auseinandersetzen zu müssen.

Ich sprach all diese Dinge vorsichtig an. Es war zwecklos. Sie ertrug die Wahrheit einfach noch nicht. Und ich spürte, selbst emotional zu verwickelt zu sein, um ihr wirklich helfen zu können. In meinem Roman gab es ein paar Szenen, in denen Dušan mich mit dem Gürtel verprügelte. Während des Schreibens stand ich immer wieder kurz vor dem Erbrechen. Ich durchlebte alles noch einmal und war mitunter unglaublich gereizt und wütend auf sie. Damit hätte ich noch umgehen können. Aber es fiel mir ungemein schwer zu akzeptieren, dass sie sich von ihm, obwohl er tot war, durch das Klopfen immer noch herumkommandieren und maßregeln ließ.

Einmal hätte ich bei meinem Besuch beinahe die Nerven verloren. Es war schon spät am Abend. Ich brachte sie ins Bett. Auf der Kommode stand jetzt neben Bracos Porträt ein Bild von Dušan. Sie betrachtete es voller Sehnsucht und verklärte ihn mal wieder voller Liebe. Das war verrückt: Dieser Mann hatte in gewisser Weise unser Leben zerstört und war drauf und dran, es als Toter weiterhin zu zerstören. Ich sah Dušans Bild, sah Mutter leidend im Bett und hätte sie am liebsten angeschrien: »Lass das verdammt noch mal sein. Schlimm genug, dass du ihn niemals verlassen hast. Du quälst uns beide mit diesem Scheiß. Ich will mit diesem Idioten nichts mehr zu tun haben. Deine Unterwürfigkeit widert mich an. Ich hasse dich, Mutter. Ich hasse dich.«

Nichts wäre erbärmlicher gewesen, als sie in ihrem Zustand auch noch anzuschreien. Außerdem konnte ich ja nachvollziehen, wie es ihm über Jahrzehnte hinweg durch eine Mischung aus Zuneigung, Gewalt und Manipulation gelungen war, ihr Selbstwertgefühl und ihre Eigenständigkeit nahezu komplett auszulöschen. Das konnte sie nicht in ein paar Monaten revidieren. Das war unmöglich. Ich riss mich zusammen, atmete tief durch und wünschte ihr eine gute Nacht.

Insgeheim hoffte sie vielleicht sogar darauf, dass ich sie retten würde. Wir saßen beim Abendessen. Sie hatte mit Käse gefüllte Palatschinken aufgetischt. Dazu gab es einen Tomatensalat und selbst gemachtes Ajvar, das ihr eine ihrer Schwestern, die schon lange in Montenegro lebte, nach Frankfurt geschickt hatte. Sie stocherte im Salat herum.

»Alem, wir müssen über die Zukunft reden. Was soll ich machen, wenn ich nicht mehr für mich allein sorgen kann? Die Altersheime in Deutschland sind teuer. Und wenn, dann wohin? Soll ich in Frankfurt bleiben oder mir ein Heim in Berlin suchen? Es gäbe auch noch die Möglichkeit, nach Kroatien zu gehen. Dort könnte ich relativ günstig in einem Seniorenheim am Meer leben.«

Das war ein Ablenkungsmanöver. Am liebsten wäre es ihr gewesen, wenn ich all diese Möglichkeiten rundherum abgelehnt und ihr stattdessen den Vorschlag unterbreitet hätte, bei uns in Berlin einzuziehen. Wahrscheinlich dachte sie, dass sich damit all ihre Probleme in Luft auflösen würden. Das kam für mich jedoch nicht infrage. Erstens hatten wir nicht genügend Platz. Zweitens verlangte sie da etwas, zu dem ich nicht bereit war. Wir hatten noch nie zusammengelebt, waren uns in gewisser Weise fremd, die Erlebnisse aus der Kindheit hallten noch nach, sie hatte mich nicht vor seinen Schlägen beschützt – und jetzt sollte ich sie pflegen und womöglich auch noch ihr Therapeut sein? Nein, das wäre weder für sie noch für mich gut ausgegangen. Ich überging ihre unausgesprochene Hoffnung.

»Was wäre denn deiner Meinung nach das Beste für dich?«

Sie ließ sich die Enttäuschung nicht anmerken.

»Ach, ich weiß auch nicht. Ich glaube, dass ich nicht nach Kroatien möchte. Es ist irgendwie nicht mehr mein Land. Ich wohne ja jetzt auch schon seit über fünfzig Jahren in Deutschland und denke, dass es mir schwerfallen würde, mich noch einmal zu verändern. Außerdem könntet ihr mich in Kroatien vielleicht nur einmal im Jahr besuchen. In Frankfurt bin ich zu Hause, aber in Berlin wäre ich viel näher an euch dran.«

»Na klar, komm nach Berlin. Aber jeden Tag würden wir dich da auch nicht im Heim besuchen.«

Es war unnötig, sie auch noch explizit darauf hinzuweisen, dass wir uns nicht täglich um sie kümmern würden. Diesmal wirkte sie gekränkt.

»Das weiß ich doch. Ihr habt euer eigenes Leben. Aber es gibt immer noch das Problem mit dem Geld. Ich muss dann bestimmt meine Wohnung verkaufen, um mir das leisten zu können.«

Ich wusste nicht, ob sie das mit der Wohnung nur vorschob, um mir ein schlechtes Gewissen einzureden. Ich aß ruhig meinen Palatschinken weiter.

»Du musst deine Wohnung nicht verkaufen, Mama. Je

nach Pflegegrad übernimmt die Krankenkasse einen Teil der Kosten. Hinzu kommt deine Rente und die mögliche Miete für die Wohnung hier. Das müsste reichen.«

Sie winkte ab.

»Ach, das kannst du vergessen. Ich habe mit ein paar meiner alten Kolleginnen telefoniert. Man muss fast tot sein, bevor sie einen als Pflegefall einstufen.«

»Das glaube ich nicht.«

»Weißt du es denn?«

»Nein, aber wenn ich zu Hause bin, werde ich das alles recherchieren und dann sprechen wir noch einmal darüber. Ich bin mir ziemlich sicher, dass du mit all deinen Beschwerden auch jetzt schon Anspruch auf Pflegeleistungen hättest.«

»Ach, das kannst du vergessen.«

»Na gut, aber bevor ich morgen nach Hause fahre, müssen wir noch darüber sprechen, wie es jetzt mit dir weitergehen soll. Ich weiß, dass du dich einsam fühlst, und die verfluchte Pandemie macht alles noch viel komplizierter. Aber wir können es so nicht laufen lassen. Deswegen möchte ich, dass du dir professionelle Hilfe suchst.«

»Wie meinst du das?«

»Es gibt Menschen, die sich beruflich damit beschäftigen, anderen Menschen zu helfen.«

Empört legte sie ihre Gabel zur Seite.

»Aha, du denkst also wirklich, dass ich verrückt bin und einen Seelenklempner brauche.«

»Nein. Aber du brauchst Hilfe. Das ist auch gar nichts Schlimmes. Millionen Menschen geht es wie dir. Sie haben Depressionen, Angstzustände, können nicht mehr schlafen und nicht mehr vernünftig denken. Du brauchst jemanden, der dir dabei hilft, mit deinen Ängsten klarzukommen.«

Sie rutschte nervös auf dem Stuhl herum, schien ganz offensichtlich mit sich selbst zu kämpfen.

»Glaubst du wirklich, dass das nötig ist?«

Ich nickte, beugte mich über den Tisch und drückte ihr aufmunternd die Hand.

»Ja, Mama. Du musst das machen. Sonst wird alles noch viel schlimmer.«

Ein paar Tränen kullerten aus ihren Augen. Sie sah mich mit einem bangen Gesichtsausdruck an.

»Na gut, wenn du meinst, dass mir das hilft.«

Ich atmete erleichtert auf. In ihrem Arbeitermilieu waren psychologische Krankheiten verpönt, galten als etwas, das nur verweichlichte und wohlhabende Menschen betraf, die sich solche Sperenzien leisten konnten. Hinzu kam ihre Angst vor der Konfrontation mit der Vergangenheit. Ich versuchte ihr Mut zuzusprechen.

»Toll, dass du das machst. Ich weiß, wie schwer dir das fällt. Mama, wir schaffen das schon!«

Zurück in Berlin sah ich mir Dutzende Webseiten von Psychologen und Psychologinnen in Frankfurt an. Ich las mich durch unterschiedlichste Therapieansätze und Behandlungsschwerpunkte, durchkämmte auf einem Internetportal die Erfahrungsberichte und Bewertungen der infrage kommenden Praxen und schlug meiner Mutter schließlich drei Psychotherapeutinnen vor. Sie entschied sich aus dem Bauch heraus für Frau Roth, die einen verhaltenstherapeutischen Ansatz verfolgte.

Am nächsten Morgen rief ich in ihrer Praxis an. Obwohl mir Frau Roth gleich zu Beginn klargemacht hatte, dass sie eigentlich keine neuen Patienten mehr aufnehmen konnte, hörte sie sich die Geschichte meiner Mutter bis zum Schluss geduldig an. Danach herrschte ein kurzes Schweigen.

»Sind Sie noch am Apparat, Frau Roth?«

»Ja, ja, ich musste nur kurz nachdenken. Ihre Mutter hatte es sehr schwer im Leben. Na gut, Herr Grabovac, ich werde versuchen, ihr zu helfen. Sie soll sich von ihrem Hausarzt eine Überweisung ausstellen lassen und dann beginnen wir nach den Sommerferien mit der Therapie.«

43

Im September hatte meine Mutter ihre erste Sitzung bei Frau Roth. Das war ein Anfang, reichte jedoch noch nicht. Ihr Gesundheitszustand hatte sich seit Dušans Tod erheblich verschlechtert. Sie litt häufig unter Atemnot, die Hausarbeit erschöpfte sie und sogar der kurze Weg zum Supermarkt war für sie mittlerweile zu einer Tortur geworden. Sie brauchte jemanden, der ihr ab und zu unter die Arme griff und sich ein wenig um sie kümmerte.

Ich war mir trotz der von ihr geäußerten Bedenken relativ sicher, dass sie mittlerweile Anspruch auf Pflegeleistungen hatte. Allein wäre sie mit der ganzen Bürokratie hoffnungslos überfordert gewesen. Ich nahm die Sache in Angriff, kämpfte mich tagelang durch das sperrige und kaum verständliche Kauderwelsch der Gesetzgebung, rief bei den Behörden und Ärzten an, organisierte Atteste und füllte unzählige Formulare gemeinsam mit Mutter aus. Kein Wunder, dass viele ihrer Kolleginnen, die sich nicht sicher in der deutschen Sprache fühlten, an dem ganzen Papierkram gescheitert waren.

Nach ein paar Monaten erhielt sie endlich einen Termin zur Begutachtung. Ein Mitarbeiter des Medizinischen Dienstes kam zu ihr nach Hause, inspizierte alle Zimmer, stellte ihr viele Fragen, machte sich unentwegt Notizen und ließ sich nicht in die Karten schauen. Drei Wochen später lag der Bescheid in ihrem Briefkasten. Man hatte ihr die Pflegestufe 2 bewilligt. Das bedeutete, dass ihr ab sofort ein Pfleger oder eine Pflegerin zwei- bis dreimal die Woche bei der Bewältigung des Alltags zur Seite stehen würde. Das war schon einmal eine große Erleichterung. Wir freuten uns sehr darüber.

Ihr Hausarzt verschrieb ihr in Absprache mit Frau Roth Schlaftabletten und Antidepressiva. Ihr Zustand verbesserte sich, aber das Klopfen im Schrank war noch nicht verschwunden. Und dann geschah etwas, das eigentlich unerheblich und belanglos war, mich aber für einen kurzen Moment vollkommen aus der Bahn warf. Ich wollte sie mit Marie und Aljosha über die Weihnachtsfeiertage besuchen. Wir hatten mit Mutter gemeinsam entschieden, dass sie trotz der Gefahr einer Ansteckung wenigstens an Heiligabend nicht allein sein sollte. Aber dann erkrankten Marie und Aljosha an Corona. Der Verlauf glich dem einer schweren Erkältung. Beide hatten sie hohes Fieber, fühlten sich tagelang schlapp und antriebslos. Ich blieb verschont, kochte unzählige Tassen Tee, ging einkaufen und brachte den beiden mittags und abends einen Teller Suppe ans Bett. Ich musste Mutter absagen. Das tat mir unglaublich leid. Sie hatte ihren geliebten Enkelsohn Aljosha, der mittlerweile acht war, wegen ihrer gesundheitlichen Schwierigkeiten, der Angstattacken und der Einschränkungen durch die Corona-Pandemie seit fast einem Jahr nicht mehr gesehen. Ich kaufte ihr eine schöne Weihnachtskarte und legte ein Foto dazu, auf dem wir gemeinsam im Pyjama winkend im Bett lagen.

Die Briefkästen in der näheren Umgebung wurden nur zweimal täglich geleert. Es war bereits der 22. Dezember. Um sicherzustellen, dass die Karte noch rechtzeitig zu Heiligabend ankam, machte ich mich, nachdem Marie und Aljosha eingeschlafen waren, auf den Weg zu einem etwas entfernter gelegenen Einkaufszentrum. Dort befanden sich vor dem Eingang mehrere Briefkästen mit Spätleerung. Es war bitterkalt. Trotz Mütze, Schal und dicker Socken kam ich fröstelnd bei den bereits geschlossenen Schönhauser Allee Arcaden an, auf deren Fassade kitschig leuchtende Sterne für Weihnachtsstimmung sorgen sollten. Nur noch eine Imbissbude war geöffnet, an deren Holztresen ein paar Gäste im vorgeschriebenen Corona-Abstand von eineinhalb Metern Glühwein tranken und Thüringer Bratwürste aßen. Links davon befanden sich die Briefkästen. Als ich mich ihnen näherte, hielt ein weißer Lieferwagen am Straßenrand. Ein Typ mit einem großen Plastikbehälter stieg aus und lief schnurstracks auf die Briefkästen zu. Ich nahm an, dass er für die Post arbeitete und dafür zuständig sei, die Briefkästen zu leeren. Er stellte den Plastikbehälter unter einen der Briefkästen. Ich sah ihn mit dem Kuvert in der Hand fragend an, er nickte mir lächelnd zu und ich schmiss den Briefumschlag in den Behälter. Ich war erleichtert: Die Weihnachtskarte würde meine Mutter wahrscheinlich noch rechtzeitig erreichen.

Als ich wegging, bemerkte ich jedoch im Augenwinkel, dass sein Schlüssel nicht in den Briefkasten passte. Ich blieb neben der Wurst- und Glühweinbude stehen und beobachtete ihn. Angestrengt versuchte er den Briefkasten von unten zu öffnen. Es gelang ihm nicht. Ein ungutes Gefühl beschlich mich. Doch anstatt zu ihm hinzugehen und zu fragen, was er da eigentlich tat, blieb ich regungslos stehen. Der Mann fluchte noch ein paar Mal, gab es schließlich auf, lief mit dem Plastikbehälter, in dem sich einzig und allein meine Weihnachtskarte befand, zurück zum Lieferwagen, knallte die Tür zu und fuhr mit quietschenden Reifen davon. Langsam dämmerte es mir, was da gerade passiert war. Die Gäste an der Imbissbude hatten nichts von dem Vorfall mitbekommen. Ungläubig starrte ich auf den Briefkasten: Konnte es sein, dass es Betrügerbanden in Berlin gab, die mit einer Art Generalschlüssel versuchten, den Inhalt der Briefkästen zu stehlen? Lohnte sich das überhaupt? Gab es noch genügend ältere Menschen, die für ihre Enkel einen Geldschein als Weihnachtsgeschenk mit in das Kuvert legten? Wahrscheinlich war es so. Und ich Idiot hatte ihm die Karte auch noch freiwillig gegeben. Hätte er mir wenigstens Geld gestohlen. Das wäre mir egal gewesen. Aber die Weihnachtskarte mit unserem Foto? Das war erbärmlich. Das hatte Mutter, nach allem, was sie durchgemacht hatte, wirklich nicht verdient. Und plötzlich begann ich zu weinen. Ich konnte gar nicht mehr aufhören. Der Schmerz um unser immer wieder verpasstes Leben brach einfach aus mir heraus.

Zwei Frauen, die in dicken Daunenjacken und Winter-Boots an der Imbissbude standen, schienen meine Trauer bemerkt zu haben.

»Können wir Ihnen irgendwie helfen?«

Ich schüttelte den Kopf, wischte mir die Tränen aus den Augen.

»Nein, nein, alles gut. Ich musste gerade nur …«

»Sind Sie sicher, dass bei Ihnen alles in Ordnung ist?«

»Ja. Es geht schon wieder. Vielen Dank.«

Ich hatte mich nicht getäuscht. Die Weihnachtskarte kam nie bei meiner Mutter an.

44

Ein paar Wochen später, am 25. Januar 2021, erschien endlich mein Roman, nachdem der Verlag entschieden hatte, wegen der Corona-Pandemie die Veröffentlichung um ein paar Monate nach hinten zu verschieben. Meine Mutter spielte, wenn auch fiktionalisiert, keine unbedeutende Rolle in dem Buch und ich war mir nicht ganz sicher, wie sie auf einige Passagen reagieren würde. Um zu vermeiden, dass sie mich möglicherweise dazu drängen würde, das ein oder andere etwas abzuschwächen, hatte ich ihr, ebenso wie meinen deutschen Geschwistern, zu denen ich sowieso kaum Kontakt hatte, vorab nichts zu lesen gegeben. Ich wollte meine Geschichte so ungeschönt wie nur möglich erzählen. Alles andere wäre mir wie ein Verrat an meinem Leben und auch an meinem Schreiben vorgekommen.

Erst am Tag der Veröffentlichung schickte ich ihr das gebundene Buch nach Frankfurt. Diesmal ging alles glatt. Das Paket kam am nächsten Tag bei ihr an. Zwei Wochen später telefonierten wir.

Ihre Stimme klang heiter.

»Ich habe alles ganz langsam bis zur letzten Seite gelesen.«

»O. k., und was sagst du dazu?«

»Ich liebe dein Buch. Das hast du wunderschön gemacht.«

»Wirklich? Und das, obwohl du und Dušan nicht so gut dabei wegkommen?«

»Na ja, du hättest nicht so schlecht über Dušan schreiben

sollen. Und das mit den Schlägen hättest du auch weglassen können.«

»Nein, Mama, das konnte ich nicht.«

»Ich musste beim Lesen sehr oft weinen.«

»Das kann ich verstehen. Was war denn das Schlimmste für dich?«

»Als ich verstanden habe, dass ich dich damals fast ganz verloren hätte. Die Szene, als Marianne mir damit droht, dich zu adoptieren. Das zu lesen hat mir beinahe mein Herz gebrochen.«

»Das war knapp, Mama. Aber wir sind ja immer noch zusammen.«

»Ja, das sind wir. Ich bin sehr stolz auf dich, mein Sohn. Das ist ein wunderschöner Roman geworden. Und ich schäme mich dafür, dass ich damals, als du Schriftsteller werden wolltest, nicht an dich geglaubt habe.«

»Ach, hör auf, Mama. Das ist doch alles Schnee von gestern. Außerdem hattest du ja recht: Ich war viel zu verkopft und verbissen, wollte den großen Wurf hinlegen, anstatt einfach nur eine gute Geschichte zu erzählen.«

Ich war bewegt davon, dass ihr das Buch so sehr gefiel. Sie war nicht gekränkt, relativierte nichts, ließ alles gelten. Ja mehr noch: In den folgenden Wochen erzählte sie mir, dass sie ihren Freundinnen Vera und Slavica, der Apothekerin Frau Schneiderhahn, deren Wohnung sie vor Corona noch geputzt hatte, ihrer Therapeutin Frau Roth und auch noch einigen anderen Bekannten mein Buch geschenkt hatte. Obwohl Dušan immer noch im Schrank klopfte, schien sie bei unseren Telefonaten gefestigter. Ich hegte sogar die leise Hoffnung, dass ihr die Auseinandersetzung mit dem Buch dabei geholfen hatte, ihre Vergangenheit ein Stück weit zu akzeptieren.

Der Roman, er hieß *Das achte Kind,* wurde in den Feuilletons sehr positiv besprochen. Darüber freute ich mich natürlich wahnsinnig. Bei den Behrens hingegen stieß er auf wenig Gegenliebe. Einer meiner Brüder warf mir vor, dass ich ein Nestbeschmutzer sei und unseren Vater in meinem Buch schamlos verraten hätte. Und eine meine Schwestern schrieb mir per SMS, dass ich undankbar sei und ohne Marianne und Robert, die mich doch als ausländisches Pflegekind wie ihren eigenen Sohn aufgenommen und großgezogen hatten, auf dem Bau oder in einer Fabrik gelandet wäre. Sie waren gekränkt und wütend. In den vielen Gesprächen, die wir führten, behaupteten sie immer, dass unser Vater nur ein harmloser Mitläufer gewesen sei. Sie blieben taub gegenüber meinen Argumenten, drohten mir gar, mich zu verklagen und gerichtlich gegen den Roman vorzugehen. Ich war mehr als nur enttäuscht von ihnen. Sie verschlossen die Augen vor der Realität und verharmlosten mal wieder alles. Nur von den Enkelkindern erhielt ich einige dankbare Mails. Endlich wussten sie, was ihr Großvater im Krieg getan und auch später noch gedacht hatte.

45

Ich bekam viele Interviewanfragen, ließ mich nicht von meinen Geschwistern verunsichern und erzählte weiterhin die Wahrheit über unseren Vater. In all dem Trubel hatte ich Mutter jedoch ein wenig aus den Augen verloren. Erst Mitte Mai besuchte ich sie wieder für ein Wochenende in Frankfurt. Mir fiel sofort auf, dass alle Bücher und Bilder von Braco verschwunden waren und sie die Kette mit dem goldenen Sonnensymbol nicht mehr um den Hals trug.

»Was ist mit Braco passiert?«

Ihre Miene verfinsterte sich.

»Braco ist nicht gut für mich.«

»Aha, interessant. Und wie ist es zu diesem Sinneswandel gekommen?«

»Ich habe dir doch erzählt, dass ich seit ein paar Monaten wieder in die Kirche gehe.«

»Hast du. Aber was hat das mit Braco zu tun?«

»Na ja, der kroatische Priester aus meiner Gemeinde war hier, um die bösen Geister zu vertreiben und die Wohnung zu segnen. Als er die Bilder von Braco sah, ist er ganz erschrocken. Er meinte, dass ich mich mit dem Teufel eingelassen habe und deshalb Dušans Seele keine Ruhe findet. Er hat gesagt, dass ich Braco abschwören muss.«

Ich schlug die Hände über dem Kopf zusammen. Böse Geister. Der Teufel. Darunter machten es die Katholiken anscheinend nicht.

»Na gut, aber was hat Braco mit Dušans Seele zu tun?«

»Das verstehst du nicht, mein Sohn. Der Priester hat recht: Die Heilung muss im Gebet zwischen Mensch und Gott geschehen. Braco ist nicht Gott und arbeitet mit bösen Geistern zusammen.«

»Braco ist also böse?«

»Ja.«

»Und Gott und der Priester stehen auf der guten Seite?«

»Ja.«

»Und ist Dušans Seele jetzt endlich weg? Lässt er dich in Ruhe?«

»Nein, das braucht noch Zeit. Deswegen war der Priester auch schon zweimal hier in der Wohnung.«

»Der Priester war schon zweimal hier? Soso, und was hat dich der Spaß gekostet?«

»Nichts, der Priester verlangt kein Geld. Er bekommt dafür eine freiwillige Spende.«

»Und wie hoch ist diese freiwillige Spende?«

Sie schaute beschämt zu Boden.

»Fünfzig Euro.«

»Mutter, du warst schon immer eine schlechte Lügnerin.«

»Na gut, ich habe ihm hundertfünfzig Euro pro Segnung gegeben. Das macht man so bei uns.«

»Der ist ja ein noch größerer Halsabschneider als dein Braco. Aber darin waren deine Katholiken schon immer die Größten. Gelernt ist gelernt.«

Sie sah mich mit einem strengen Blick an.

»Alem, hör auf. In diesem Ton redet man nicht über die Kirche. Das ist Gotteslästerung. Außerdem hilft die Kirche sehr vielen armen Menschen.«

»Ist schon gut, Mutter. Ich dachte nur, dass dein Priester aus Barmherzigkeit handeln sollte.«

Das mit dem Geld war mir im Grunde genommen egal. Viel bedenklicher fand ich, dass sie den einen Erlöser gegen einen anderen eingetauscht hatte. Braco, Dušan, der Priester und Gott: vier Männer, die sie beherrschten. Und wo blieb sie, die Frau? Ich versuchte herauszufinden, ob sie sich überhaupt noch behaupten wollte.

»Wie läuft es mit Frau Roth? Hilft dir die Therapie?«

»Mal so, mal so. Aber es tut gut, über alles reden zu können.«

»Und über was redet ihr so?«

»Über alles, mein Sohn, über alles.«

Offensichtlich wollte sie nicht darüber sprechen.

»Na gut. Und die vom Pflegedienst. Sind die nett zu dir?«

»Die sind wunderbar. Abwechselnd kommen ein junger syrischer Mann und eine junge türkische Frau zu mir. Wir machen Einkäufe, putzen die Wohnung, gehen spazieren und reden auch viel miteinander. Sie helfen mir sehr.«

»Und denkst du, dass du Fortschritte machst?«

»Ja. Das Klopfen im Schrank ist viel seltener geworden. Du brauchst keine Angst um mich zu haben.«

Ich war mir nicht sicher, ob das stimmte.

46

Ich fuhr mit einem mulmigen Gefühl zurück nach Berlin. Irgendetwas schien mir meine Mutter zu verschweigen.

Ein paar Wochen später rief sie mich aufgeregt an.

»Alem, ich muss etwas Dringendes mit dir besprechen. Meine Schwester Lucia hat mir gesagt, dass sie auf dem Friedhof in Maovice vier neue Doppelgräber angelegt haben. Ich könnte eins kaufen, muss mich aber schnell entscheiden.«

»Langsam, Mutter. Letztens haben wir noch über Altersheime gesprochen. Und jetzt kommst du mit einem Grab. Muss ich mir Sorgen um dich machen?«

»Nein, musst du nicht. Es ist ganz einfach ein Grab frei geworden.«

»Na gut, aber weshalb die Hektik? Das verdammte Maovice liegt auf einem Berg im hintersten kroatischen Gebirge. Da gibt es unendlich viel Platz.«

»Das verstehst du nicht.«

»Nein, das verstehe ich wirklich nicht. Mama, da oben könnte man problemlos halb Berlin beerdigen. Und du machst dir Sorgen um eine Grabstelle?«

»Auf dem Kirchenfriedhof der Sveti Jure sieht das eben anders aus. Dort ist alles begrenzt.«

»Ich kenne die Kirche doch. Sie steht einsam und verlassen in einer Einöde. Zum nächsten Haus sind es bestimmt drei Kilometer. Die könnten dort locker noch hundert Friedhöfe anlegen. Aber klar, natürlich, es geht mal wieder ums Geld. Wie viel soll dein Grab denn kosten?«

»2000 Euro.«

»Das ist doch verrückt, wenn man bedenkt, dass die Leute dort oben kaum etwas verdienen. Die Kirche spielt mit euren Seelen.«

»Alem, hör auf so zu reden. Außerdem ist es ein Doppelgrab.«

»Und was bringt dir das? Wer soll noch bei dir liegen?«

»Das weiß ich nicht. Dann habe ich eben mehr Platz für mich allein.«

»Mutter, du bist dann tot. Da bringt dir der Platz überhaupt nichts. Und weshalb verkaufen sie eigentlich keine Einzelgräber?«

»Keine Ahnung. Es ist, wie es ist. Aber es kommt noch etwas hinzu. Ich überlege, ob ich ein All-inclusive-Angebot kaufen soll.«

»Hast du gerade wirklich All-inclusive-Angebot gesagt? Verkaufen die das so? Das ist doch keine Urlaubsreise. Was soll das schon wieder bedeuten?«

»Pass auf: Im All-inclusive-Angebot sind die Rückholung mit einem Auto nach Maovice, die Grabstelle, eine Grabplatte mit Bild und Gravur und die Beerdigung mit dem Priester enthalten.«

»Die würden dich im Sarg mit dem Auto quer durch Europa nach Maovice fahren?«

»Ganz genau.«

»Und ich soll dann da mitfahren? Mit dir hinten drin im Kofferraum?«

»Nein, du fliegst nach Split und fährst dann mit dem Bus nach Maovice.«

»Und was kostet dein All-inclusive-Angebot?«

»Das Grab kostet 2000 Euro. Der Sarg 700 Euro. Die

Marmorplatte mit meinem Bild und meinen Daten 1500 Euro. Die Beerdigung mit dem Priester 500 Euro. Und die Rückholung mit dem Auto 2000 Euro. Alles zusammen würde also 6700 Euro kosten.«

»Das ist ganz schön viel. Außerdem verstehe ich immer noch nicht, warum du dich jetzt so schnell dafür entscheiden musst.«

»Diese Grabstellen sind begehrt, mein Sohn. Die Kirche gibt es schon seit über 300 Jahren. Sie ist einer der heiligsten Orte in Dalmatien. Und ich wäre auch deinem Opa und deiner Oma wieder nahe. Du weißt, dass sie dort begraben liegen.«

»Ja, natürlich weiß ich das. Na gut, aber was soll ich jetzt dazu sagen? Es ist doch deine Entscheidung, wo du begraben sein möchtest.«

Sie wirkte gekränkt.

»Ich dachte, dass es dir wichtig wäre, mein Grab öfter zu besuchen.«

»So meinte ich das nicht, Mama.«

»Ist schon gut. Hör zu: Ich will ganz einfach, dass du herausfindest, was eine Beerdigung in Berlin kostet. Und dass wir beide darüber nachdenken, wo mein Grab liegen soll. Und dann vergleichen wir alles und entscheiden gemeinsam.«

»Na gut, Mama. Ich finde es zwar immer noch nicht richtig, dass sie dich dazu zwingen, so schnell darüber zu entscheiden. Aber egal: Wenn dir das so wichtig ist, dann machen wir es eben so.«

War das ein Wink mit dem Zaunpfahl? Spürte sie, dass es langsam mit ihr zu Ende ging? Hatte sie eine unheilbare Krankheit oder befasste sie sich gar mit Selbstmordgedanken? Obwohl sich alles in mir dagegen sträubte, verglich ich die Beerdigungskosten bei den Berliner Bestattungsunternehmen, bekam heftige Nackenschmerzen und rief sie ein paar Tage später an.

»Mama, tut mir leid, aber zuerst muss ich dich etwas fragen. Du würdest dir doch niemals etwas antun, oder?«

»Bist du jetzt verrückt geworden. So etwas würde ich niemals tun. Das wäre ja auch eine Sünde. Es ist doch nur ein Grab in Maovice frei geworden.«

»Und du hast auch keinen Krebs oder eine andere unheilbare Krankheit?«

»Nein. Beruhige dich, mein Sohn. Mir geht es gut.«

Ich atmete erleichtert auf.

»Na gut, Mama. Ich glaube dir. Pass auf, ich habe mir alles mal angeschaut. Eine Beerdigung scheint auch in Deutschland eine verdammt kostspielige Angelegenheit zu sein. Ein Sarg muss gekauft und das Bestattungsinstitut für die Überführung und andere Dienstleistungen bezahlt werden. Weitere Kosten sind: Grabstein mit Gravur vom Steinmetz, einmalige Beisetzung mit optionalen Kosten wie Aufbahrung, Trauerredner, Blumen, Sargschmuck, jährliche Friedhofsgebühren, anteilige Kosten für den Friedhofsgärtner und das alles befristet auf zwanzig Jahre. Danach kann man das Grab verlängern lassen oder es wird aufgelöst. Wenn man alles zusammenrechnet, kommt man auf mindestens 10 000 Euro. Aber das ist nur eine grobe Schätzung, und Mama, wir sollten diese Entscheidung wirklich nicht vom Geld abhängig machen.«

»Siehst du, Berlin wäre viel teurer als Maovice.«

»Ja, aber Berlin ist eine moderne Millionenmetropole und kein Bergdorf wie dein Maovice mit seinen fünfhundert

Einwohnern. Außerdem stimmt das nicht. Bei dir würden auch noch weitere Kosten anfallen. Am Ende nimmt sich das gar nicht so viel. Aber wie gesagt: Lass uns die verdammte Geldfrage einfach ausklammern.«

»Ich will dir nach meinem Tod nicht zur Last fallen. Könnte ich das alles auch im Voraus bezahlen?«

»Na klar. Du könntest auch noch eine Sterbeversicherung abschließen. Aber bitte, Mama, scheiß auf das Geld.«

»Rede nicht so. Na gut. Was denkst du: Maovice oder Berlin?«

»Nein, Mama. Ich muss zuerst von dir wissen, wo du gerne begraben werden möchtest.«

Sie seufzte tief.

»Hm, Berlin wäre schön, weil ich dann wüsste, dass ihr mich besuchen kommen würdet.«

»Natürlich würden wir das tun.«

»Aber so oft würdet ihr auch nicht kommen. Oder?«

»Wahrscheinlich eher nicht. Um ehrlich zu sein, brauche ich keinen Ort, an dem ich täglich um dich trauern würde. In meinen Gedanken und meinem Herzen bist du doch sowieso bei mir. Sei mir nicht böse, aber ich vermute, dass wir nur ein paar Mal im Jahr an deinem Grab wären. Und außerdem weiß ich auch nicht, ob wir für immer in Berlin bleiben werden.«

»Ja, das ist mir klar. Und dass man mein Grab nach zwanzig Jahren auflösen kann, gefällt mir auch nicht so gut an Berlin. In Maovice wäre mein Grab für immer da.«

»Ist dir das wirklich wichtig?«

»Ja, es beruhigt mich zu wissen, dass ich einen Ort habe, von dem man mich nicht vertreiben kann. Außerdem ist Maovice meine Heimat. Das sind meine Berge und meine

Felsen und meine Kirche, in der ich schon als Kind gebetet habe. Und Mutter und Vater und meine Schwester wären auch in der Nähe.«

»Mama, ich glaube, dass wir nicht mehr darüber nachdenken müssen. Du hast dich schon längst für Maovice entschieden. Und ich bin natürlich damit einverstanden. Kauf das Grab in Maovice. Das ist die beste Lösung für uns alle.«

»Soll ich das wirklich tun?«

»Ja.«

Ihre Stimme klang befreit.

»Dann ist die Entscheidung gefallen. Ich gehe zurück nach Maovice, zurück in die Heimat, zurück zu dem Maulbeerbaum, den ich immer so sehr geliebt habe.«

»Ich mag den Maulbeerbaum auch sehr. Die abgefallenen Früchte haben im Sommer den Steinboden immer so schön lila verfärbt.«

»Das stimmt. Sag, wirst du zu meiner Beerdigung nach Maovice kommen?«

»Mama, was ist das für eine dumme Frage. Natürlich werde ich zu deiner Beerdigung kommen.«

»Gut, dann rufe ich jetzt sofort Lucia an und leite alles in die Wege.«

»Ja, Mama, mach das.«

Kapitel 7

Bakalar

47

An einem viel zu kalten Spätsommermorgen rief mich Frau Roth an.

»Guten Tag, Herr Grabovac. Ich müsste dringend etwas mit Ihnen besprechen. Haben Sie kurz Zeit für mich?«

Dieser Anruf konnte nichts Gutes bedeuten. Ich schaltete meinen Rechner aus, nahm einen Schluck Kaffee und atmete tief durch.

»Natürlich. Was ist denn passiert?«

Frau Roths Stimme klang sachlich und einfühlsam zugleich.

»Der Zustand ihrer Mutter hat sich in den vergangenen Wochen erheblich verschlechtert. Das Klopfen im Schrank hat wieder stark zugenommen und auch in der Öffentlichkeit unterhält sie sich manchmal mit Dušan. Kürzlich wollte sie seinen Geist sogar schreiend mit ihrer Handtasche aus einem Kaufhaus vertreiben.«

Ich ließ mich entkräftet im Schreibtischstuhl zurückfallen.

»Es ist also wieder schlimmer geworden. Ich dachte, dass sie Fortschritte macht. Verdammt noch mal. Ich hätte genauer hinschauen sollen und mich mehr um sie kümmern müssen.«

»Sie brauchen sich keine Vorwürfe zu machen, Herr Grabovac. Sie haben genügend getan. Ich weiß aus den Sitzungen mit Ihrer Mutter, dass Sie ihr ungeachtet der schrecklichen Vorkommnisse in Ihrer Kindheit sehr nahestehen. Deswegen wende ich mich jetzt ja auch an Sie.«

Meine Schultern und mein Nacken begannen sich zu verspannen.

»Na gut, Frau Roth. Wie kann ich helfen? Sie haben mich bestimmt nicht nur angerufen, um mir zu sagen, dass es Mutter schlechter geht.«

»Da haben Sie recht. Hören Sie zu, Herr Grabovac: Ich habe mir von Ihrer Mutter eine Schweigepflichtentbindung unterschreiben lassen, weil ich denke, dass wir unverzüglich handeln müssen. Ich habe Ihre Mutter auch darüber informiert, dass ich Sie kontaktieren werde. Dieses Telefonat findet mit der ausdrücklichen Zustimmung Ihrer Mutter statt.«

»Sie machen mir Angst. Wie schlimm ist es um Mutter bestellt?«

»Sie brauchen keine Angst zu haben. Wir bekommen das schon hin. Wie bereits erwähnt, hat sich der körperliche und psychische Zustand Ihrer Mutter erheblich verschlechtert. Es gibt da allerdings noch etwas anderes, das mich beunruhigt. In den letzten zwei Sitzungen hat Ihre Mutter angedeutet, einen Exorzisten aufsuchen zu wollen.«

Meine Handflächen begannen zu schwitzen.

»Einen Exorzisten? Das kann nicht sein. So etwas gibt es doch nur noch in Filmen. Das meinen Sie jetzt nicht ernst.«

Frau Roths Stimme blieb ruhig und gefasst.

»Doch, Herr Grabovac. Es scheint sich um einen Exorzisten der katholischen Kirche zu handeln. Ich habe keine Ahnung, wie sie auf diesen Gedanken gekommen ist. Sie sagte jedenfalls, dass ihr die Tabletten und die Therapie nicht mehr helfen würden. Der Exorzist sei ihre letzte Chance auf Heilung. Denn nur dieser könne Dušans Geist aus ihrer Seele vertreiben.«

»Das ist doch verrückt. Gut, ja, sie hat diese spirituellen

Anwandlungen und ist auch eine Zeit lang zu diesem Wunderheiler Braco gefahren. Aber das war ja noch harmlos. Ein Exorzist ist doch eine ganz andere Sache. Das kann sie nicht machen.«

»Sie scheint diesen Schritt jedenfalls ernsthaft in Erwägung zu ziehen.«

Ich wippte nervös mit den Beinen.

»Das war bestimmt die Idee von diesem verfluchten katholischen Priester aus der kroatischen Gemeinde, der ihre Wohnung für einen Haufen Geld schon zweimal gesegnet hat. Die Kirche saugt die Menschen aus, anstatt ihnen zu helfen. Will dieser Mistkerl Mutter jetzt schreiend mit einem Kreuz ans Bett fesseln?«

»Ganz ruhig, Herr Grabovac. Sie müssen nicht gleich die gesamte Kirche verdammen. Der Glaube an Gott kann durchaus, zum Beispiel im Gefühl der Geborgenheit beim gemeinsamen Gebet, eine stabilisierende und mitunter auch heilsame Wirkung entwickeln. Ebenso halte ich es für unwahrscheinlich, dass man in der katholischen Kirche die Menschen noch wie im Mittelalter ans Bett fesselt. Dennoch halte ich absolut nichts von einer vermeintlichen Teufelsaustreibung und denke, dass wir Ihrer Mutter diese traumatische Erfahrung ersparen sollten. Ich schlage Ihnen deshalb vor, Ihre Mutter stationär in eine psychiatrische Klinik einweisen zu lassen. Ich spreche hier nicht von einer geschlossenen Abteilung. Dazu besteht noch keine Veranlassung. Allerdings erreiche ich Ihre Mutter kaum mehr. Sie ist überzeugt davon, dass das Klopfen im Schrank real ist. Sie leidet inzwischen täglich unter ihren Wahnvorstellungen und sucht deshalb nach fragwürdigen Auswegen.«

Mir wurde ein wenig schwindelig.

»Dass es so weit kommen musste. Wir haben doch alles versucht. Nichts hat geholfen und jetzt denkt sie auch noch an einen Exorzisten. So kann es auf keinen Fall mehr weitergehen. Wahrscheinlich bleibt uns nichts anderes übrig. Ja, Frau Roth, ich denke auch, dass wir sie vor sich selbst schützen müssen.«

»Dann sollten wir das jetzt zügig in Angriff nehmen. Ich bin mir durchaus im Klaren darüber, wie schwer es Ihnen fallen muss, diesen Schritt mitzutragen. Aber es ist die einzig richtige Entscheidung. Ihre Mutter benötigt in ihrem aktuellen Zustand eine umfangreiche Behandlung, die weder ihr Hausarzt noch ich ihr bieten können. Allerdings gibt es da noch ein Problem. Ihre Mutter hat mir gesagt, dass sie unter keinen Umständen in eine Klinik möchte. Versuchen Sie bitte, sie davon zu überzeugen, dass es nichts Verwerfliches ist, Hilfe in einer psychiatrischen Einrichtung in Anspruch zu nehmen. Reden Sie mit ihr, nehmen Sie ihr die Angst davor, was sie in der Klinik erwarten wird, schauen Sie sich gegebenenfalls im Internet einige Erfahrungsberichte von Patienten an und sagen Sie ihr, dass sie jederzeit, falls sie das wünscht, wieder nach Hause gehen kann. Es ist wichtig, dass sie einsieht, dass man sie dort weder manipulieren noch mit Medikamenten ruhigstellen möchte. Sie braucht ganz einfach einen Ort der Erholung und professionelle Hilfe, um wieder zu sich zu kommen.«

»Ja, natürlich. Ich werde es jedenfalls versuchen. Wie lange müsste sie denn, falls sie zustimmt, auf einen Platz in der Klinik warten?«

»Bei akuten Wahnvorstellungen können wir das innerhalb weniger Tage ermöglichen. Ich habe einen ganz guten Kontakt zu einer Klinik im Taunus, die man von Frankfurt aus mit der U-Bahn erreichen kann. Die Klinik heißt Hohe Mark. Im Internet können Sie sich, vielleicht sogar schon gemeinsam mit Ihrer Mutter, die dortigen Behandlungsansätze und Therapieangebote in aller Ruhe durchlesen und besprechen. Die Klinik hat einen sehr guten Ruf. Falls Sie das möchten, könnte ich dort schon mal anfragen, ob sie noch freie Plätze haben.«

»Machen Sie das bitte, Frau Roth. Ich muss hier noch ein paar Dinge erledigen, denke aber, dass ich noch heute Abend zu Mutter nach Frankfurt fahren kann. Mal schauen, wie sie auf all das reagieren wird. Sobald ich mehr weiß, rufe ich Sie an.«

»Tun Sie das, Herr Grabovac.«

48

Ich hatte mich nicht angekündigt und klingelte unten in der Rothschildallee. Durch die Fernsprechanlage hörte ich Mutters Stimme: »Wer ist da?«

»Ich bin's, Alem.«

»Was machst du denn hier? Und warum klingelst du? Hast du deinen Schlüssel vergessen?«

»Nein, nein. Ich wollte dich nur nicht erschrecken.«

»Na, dann komm hoch. Ich freue mich so sehr, dass du hier bist, mein Sohn. Das ist ja wirklich eine schöne Überraschung.«

Mutter sah erschöpft und zermürbt aus. Wir saßen im Wohnzimmer. Im Fernsehen lief irgendeine Spiel- und Rate-Show, in der viel gelacht und herumgealbert wurde. Sie schlurfte in die Küche und machte uns einen Kaffee. Ich war nervös, nahm zu früh einen Schluck vom heißen Kaffee und verbrannte mir dabei die Zunge. Mit schmerzverzerrtem Gesicht stellte ich die Tasse auf den Tisch.

»Mama, Frau Roth hat mich angerufen.«

Sie beachtete mich kaum, starrte ungerührt weiter in den Fernseher.

»Und, was hat sie gesagt?«

»Sie meinte, dass du dir überlegst, zu einem Exorzisten zu gehen.«

Sie winkte ab und lachte milde.

»Ach, das ist doch nur so eine Idee.«

»Und wer hat dich auf diese Idee gebracht?«

»Der Priester in der kroatischen Gemeinde. Er meinte, dass sie Spezialisten für Fälle wie mich hätten.«

»Mama, hör auf mit diesem Quatsch. Es steckt kein Teufel in dir. Du hast eine Depression und Wahnvorstellungen. Das kann man alles behandeln.«

Sie sah mich trotzig an.

»Die Tabletten und das ganze Gerede haben mir aber überhaupt nicht geholfen.«

»Das weiß ich. Deswegen bin ich hier. Frau Roth und ich sind der Meinung, dass es im Moment das Beste für dich wäre, in eine psychiatrische Klinik zu gehen.«

Sie verschränkte ihre Arme vor dem Oberkörper.

»Soso, ihr wollt mich also einsperren.«

»Nein, Mama. Das ist keine geschlossene Abteilung. Du würdest da freiwillig hingehen. Und du kannst da auch jederzeit wieder raus.«

»Und das alles nur wegen des Exorzisten?«

»Nein. Frau Roth hat mir auch erzählt, dass du häufig mit Dušan sprichst und ihn letztens sogar mit deiner Handtasche aus einem Kaufhaus vertreiben wolltest.«

Sie ignorierte mich und starrte wieder ausdruckslos in den Fernseher. Ich ließ nicht locker, nahm die Fernbedienung in die Hand und schaltete den verfluchten Fernseher aus.

»Mama, weshalb hast du mir nichts davon erzählt? Du weißt doch, dass ich für dich da bin.«

Plötzlich brach sie in Tränen aus. Sie zitterte am ganzen Leib.

»Ich kann nicht mehr, Alem. Ich kann nicht mehr. Ich wollte dich nicht mit meinen Problemen belasten. Du hast doch dein eigenes Leben. Und gerade jetzt, wo es bei dir so gut läuft mit dem Roman. Aber ich bin am Ende. Ich bin kaputt.«

Ich ging zu ihr, umarmte sie fest, streichelte ihr sanft über das noch immer volle, gelockte Haar.

»Ganz ruhig, Mama. Alles wird gut. Glaub mir, alles wird gut werden. Du gehst jetzt in die Klinik. Wir suchen einen schönen Platz für dich. Die werden sich dort gut um dich kümmern. Das ist das Beste für dich. Glaub mir.«

»Gibt es denn keine andere Lösung?«

»Nein, Mama. Wir müssen das jetzt wirklich machen.«

Ich rief bei Frau Roth an. Sie kümmerte sich um die Formalitäten. Zwei Tage später verließen Mutter und ich die Wohnung Richtung Klinik. Mit der U3 fuhren wir von der Hauptwache bis zur Endhaltestelle Hohemark. Mutter hatte, wie für eine längere Reise, einen großen Koffer gepackt. Ich saß neben ihr. Sie schwitzte sehr stark und klammerte sich an meinen Arm. Ich gab ihr ein Taschentuch. Sie wischte sich unbeholfen den Schweiß von der Stirn. Es tat mir in der Seele weh, Mutter so schreckhaft und angsterfüllt zu sehen. Ich versuchte mir meine eigene Unsicherheit nicht anmerken zu lassen.

»Keine Sorge, Mutter. Alles wird gut.«

Nach einer Dreiviertelstunde hatten wir unser Ziel erreicht. Die Klinik lag in Oberursel im Hochtaunus. Die Morgensonne tauchte die vielen alten Fachwerkhäuser, die von hügeligen Wäldern umgeben waren, in ein mattgoldenes Licht. Von der Endhaltestelle ging es einen steilen Berg hinauf. Ich trug Mutters Koffer. Wir betraten einen Park. Eine Baumallee führte auf das herrschaftliche Hauptgebäude zu. Die Klinik war Anfang des 20. Jahrhunderts für den europäischen Hochadel erbaut und später von der Diakonie weitergeführt worden. Frau Roth hatte mich, nachdem ich mich so sehr über die Kirche aufgeregt hatte, freundlicherweise gefragt, ob die Diakonie ein Problem für mich sei. Das war sie in diesem Fall nicht. Der Glaube an Gott spielte, soweit ich das in Erfahrung bringen konnte, bei der Behandlung in der Klinik nur eine untergeordnete Rolle. Der Park sah sehr gepflegt aus. Es war ein ausgesprochen schöner Ort.

Im Sekretariat füllten wir die Anmeldeformulare aus. Mutters Bluse war vor Aufregung mit Schweißflecken bedeckt. Ich besorgte ihr ein Glas Wasser. Das schien sie ein wenig zu beruhigen. Zum Abschied setzten wir uns auf eine schattige Bank im Park. Ich blickte die lange Baumallee entlang und zündete mir eine Zigarette an. Sie wirkte abwesend und begann zu weinen. Ich sah ihr in die Augen und streichelte ihr sanft über die Wange.

»Du schaffst das schon, Mama.«

Sie wischte sich die Tränen weg und rang sich ein kleines Lächeln ab.

»Ja, mach dir keine Sorgen. Ich bin stärker, als du denkst.«

»Das bist du auf jeden Fall, Mama.«

»Na dann. Ich gehe jetzt rein.«

»Ja, mach das.«

Ich drückte meine Zigarette aus. Wir umarmten uns lange. Dann war es so weit: Sie lief zum Eingang der Klinik und ich in Richtung Stadt. Sie hatte sich bestimmt noch ein paar Mal umgedreht, um mir zum Abschied zu winken. Ich begann zu weinen und schaute nicht zurück, weil ich nicht wollte, dass sie meine Tränen sah.

49

Sie ging zu den täglichen Therapiestunden, spazierte stundenlang durch den Park, erkannte im Gespräch mit den anderen Patientinnen und Patienten auf der Station, dass ihre Angstzustände nichts Ungewöhnliches waren, konfrontierte sich mit ihrer Vergangenheit, wurde medikamentös neu eingestellt, machte zunehmend Fortschritte und schlief nach vier Wochen zum ersten Mal seit Dušans Tod die ganze Nacht durch. Ganz besonders mochte sie die Maltherapie. Aus der Erinnerung zeichnete sie die Berglandschaft und die Dorfbewohner ihrer Kindheit nach. Die Kursleiterin lobte sie für ihre ausdrucksstarken Bilder. Mit Erstaunen stellte sie fest, dass sie ganz offensichtlich ein Talent zum Malen besaß.

Meine Mutter blieb zweieinhalb Monate in der Klinik. Am Tag ihrer Entlassung war ich in Kroatien. Man hatte mich zu einem viertägigen Literaturfestival nach Split eingeladen. In den ersten zwei Tagen fegte die Bora, ein Sturmtief mit böigen Fallwinden und dunklen Wolkenmassen, über die Stadt hinweg. Auf der Riva, der Uferpromenade mit ihren Palmen, zerbarsten die meterhohen Wellen unter lautem Getöse an den Kaimauern und der orkanartige Wind blies an manchen Stellen so heftig, dass ich mich mit aller Kraft dagegenstemmen musste, um überhaupt noch einen Schritt voranzukommen. Tagsüber blitzte und donnerte es mitunter gewaltig und nachts jaulten und peitschten die Regenschauer unaufhörlich gegen das Hotelfenster. Am Morgen des dritten Tages war der Spuk vorbei. Die Sonne strahlte von einem blank polierten blauen Himmel herab, die Luft war frisch und klar, das Meer plätscherte ruhig vor sich hin, die Fährschiffe fuhren wieder zu den Inseln und die Einheimischen saßen in leichten Jacken bei einer Tasse Kaffee auf den zahlreichen Terrassen der Uferpromenade.

Zwischen den Lesungen blieb mir viel Zeit zum Spazieren. Ich ließ mich durch die engen Gassen der Altstadt treiben. Es war Anfang Dezember. Ich war noch nie im Winter in Kroatien gewesen, hatte Split bis dahin nur in der sengenden Sommerhitze erlebt. Es war schön, sich nicht schweißnass durch Horden von Touristen drängen zu müssen. Ich schlenderte gemächlich durch die jahrtausendealten Gemäuer des Diokletian-Palastes, trank einen kurzen Espresso an der Theke eines Kaffeehauses, bewunderte die kleinen Plätze mit ihren verträumten venezianischen Bauten und suchte die Orte auf, die ich schon seit meiner Kindheit kannte. Ich ging zum Bahnhof. Mutter und ich waren jeden Sommer mit dem Zug von Frankfurt nach Split gefahren. Das Bahnhofsgebäude lag direkt am Meer. Die Erinnerungen durchmischten sich zunehmend mit den gegenwärtigen Bildern. Sie war eine junge Frau und ich noch ein kleiner Junge. Die lange Zugfahrt steckte uns in den Knochen. Wir wuchteten unsere vielen Koffer, die mit Geschenken für das halbe Dorf, mit Kleidern, Parfüms und Süßigkeiten bis zum Bersten gefüllt waren, mühsam nach draußen, sahen die Adria, die Palmen, die schönen Häuser, die große Stadt und steckten unsere Füße ins Meer. Doch anstatt uns an der Küste zu erholen und am Strand riesengroße Eisbecher zu löffeln, fuhren wir mit dem Bus in die steinige und raue Berglandschaft zu Oma und Opa.

Der Markt, der in der Nähe des Bahnhofs lag, sah noch genauso aus wie früher. Nur die Blätter der hohen Platanen, deren dichte Baumkronen im Sommer die Tische vor der glühenden Sonne schützten, hingen jetzt spärlich und welk im Geäst der Bäume. Ich lief durch die schmalen Gänge. Es roch nach Käse, getrocknetem Schinken und frisch gebackenem Brot. Während unseres vierwöchigen Aufenthaltes in Maovice gab es immer den Split-Tag. Das war kein Ausflug zum Vergnügen gewesen. In einer gut sortierten Apotheke besorgten wir Medikamente für meine Großeltern, die es bei uns im kroatischen Hinterland nicht zu kaufen gab. Außerdem brauchten wir frisches Geld. Die Inflation war schon lange da, die Wechselkurse in den staatlichen Banken konnte man vergessen. Im Gewusel des Marktplatzes tauschten wir illegal Deutsche Mark in Jugoslawische Dinar um. Ich liebte es, wenn Mutter mit einer alten, kopftuchtragenden Marktverkäuferin, deren Gesicht durch die harte Feldarbeit von tiefen Furchen durchzogen war, unerbittlich um den Wechselkurs feilschte, sie beide verstohlen nach links und rechts schauten, damit sie nur ja nicht von einem Polizisten erwischt wurden, und schließlich das Geld, nachdem sie sich mit einem kurzen Kopfnicken geeinigt hatte, zwischen Bergen von Tomaten über den Tisch wanderte.

Der Markt führte hinab zur Riva. Dort kaufte ich mir ein Eis, obwohl es eigentlich zu kalt dafür war. Während ich am Wasser entlanglief, verfing sich mein Blick in den sich auftürmenden Bergen jenseits der Stadt. Irgendwo dort hinten im tiefen Gebirge lag Maovice. Mutter hatte das Grab samt Überführung schon vor Monaten gekauft. Ich wurde schwermütig. Mein nächster Besuch in Split würde vielleicht einen traurigen Anlass haben. Ich schüttelte mich, schmiss den

Rest der Waffel in eine Mülltonne, schaute auf das glitzernde Meer und rief sie in Frankfurt an.

»Hallo Mama. Wie war die erste Nacht zu Hause? Wie hast du geschlafen?«

Ihre Stimme klang fröhlich und gefestigt.

»Es war so gemütlich, wieder im eigenen Bett zu schlafen. Weißt du, die junge Frau, mit der ich in der Klinik mein Zimmer teilen musste, hat nachts sehr oft geschrien. Das hat mich ganz nervös gemacht. Aber das ist jetzt vorbei.«

»Und hat Dušan im Schrank geklopft?«

»Einmal bin ich kurz aufgewacht und habe ihn leise klopfen gehört. Aber weißt du, was ich gemacht habe?«

»Keine Ahnung. Erzähl.«

»Ich habe ihm gesagt, dass ich keine Angst mehr vor ihm habe und er verschwinden soll. Und dann habe ich mich einfach umgedreht und weitergeschlafen.«

»Das hört sich verdammt gut an.«

»Ja, hoffentlich bleibt es so. Wie geht es dir?«

»Der Sturm ist abgezogen. Heute scheint die Sonne. Ist zwar noch kalt, aber eigentlich viel schöner als im Sommer, wenn man vor lauter Touristen kein Haus mehr sieht. Meine Veranstaltungen waren auch super. Ich habe die Kapitel über Maovice aus meinem Buch vorgelesen und hatte das Gefühl, die Leute mit deiner und unserer Geschichte zu berühren.«

»Ach, Alem. Das freut mich alles so sehr. Sag, wo schläfst du eigentlich?«

»Sie haben mir ein Zimmer im Hotel Bellevue am Platz der Republik gegeben. Von meinem Fenster aus kann ich die prächtigen Bogengänge sehen, unter denen es sich die Gäste der vielen Kaffeehäuser bei einem Stück Kuchen gut gehen lassen. Und zum Süden hin öffnet sich der Platz zum Meer.

Was für eine tolle Aussicht. Heute Morgen sah ich die Fährschiffe ablegen und musste an dich denken. Du konntest früher in Maovice nur vom Meer träumen, warst bettelarm, hattest eigentlich keine Chance, bist mit nichts außer einem kleinen Koffer nach Deutschland gekommen. Und jetzt wohnt dein Sohn in einem luxuriösen Hotel am vielleicht schönsten Platz in deiner alten Heimat. Das hast du gut gemacht, Mama. Das hast du verdammt gut gemacht. Eigentlich solltest du jetzt neben mir stehen.«

Sie seufzte tief.

»Leider habe ich nicht alles gut gemacht. Das weißt du besser als jeder andere. Aber das ist jetzt auch egal. Ich fühle mich stark und schaue jetzt nur noch nach vorne.«

»Ja, Mama. Nach vorne schauen ist gut. Du, gestern Abend gab es im Hotelrestaurant Bakalar, einen Kartoffelsalat mit getrocknetem Stockfisch. Alle meinten, dass dies das typische Weihnachtsgericht in Dalmatien sei. Weshalb habe ich noch nie davon gehört?«

»Ach, der Bakalar, den habe ich ganz vergessen. Wir haben ja in den Bergen gewohnt und der Fisch dort war sehr teuer. Ich glaube, dass es nur einmal Bakalar zu Weihnachten gab. Ich muss sieben oder acht Jahre alt gewesen sein. Wir hatten nur ein paar winzige Streifen Fisch für die ganze Familie. Mehr konnten wir uns nicht leisten. Aber deine Oma hat daraus eine wundervolle Fischsuppe gezaubert. Für uns war es ein Festessen. Mein Gott, hat das gut geschmeckt.«

»Ja, ich fand das gestern Abend auch extrem lecker. Weißt du was, Mama, du kommst doch Weihnachten zu uns nach Berlin. Sind ja nur noch ein paar Wochen. Sollen wir an Heiligabend Bakalar essen? Was hältst du davon?«

»Das ist eine sehr gute Idee.«

»Abgemacht. Ich freue mich darauf.«

»Ich mich auch.«

Es entstand eine kleine Pause.

»Bist du noch da?«

»Ja, ich bin noch da. Alem, vielleicht wird jetzt wieder alles gut?«

»Ja, Mama. Jetzt wird alles gut. Und an Heiligabend essen wir Bakalar.«

Mutter kam Weihnachten zu uns. Um ihren Hals baumelte die 13-strahlige Sonne von Braco. Er war also wieder zurück. Ich fragte mich, was in der Klinik, die doch von der Diakonie betrieben wurde, mit Gott passiert war, starrte fassungslos auf ihren Sonnenanhänger, atmete tief durch und hoffte darauf, dass jetzt nicht schon wieder alles von vorn beginnen würde.